IRINA

IRINA

ROMANCE

RAQUEL IANTAS

janela + mapa.lab

Produção editorial mapa lab
Preparação Andreia Amaral
Revisão Marcella Sarubi
Capa, projeto gráfico e diagramação Mariana Newlands
Impressão e acabamento Gráfica Vozes

Dados internacionais de catalogação na publicação (CIP)

I11i Iantas, Raquel.
Irina / Raquel Iantas. – Rio de Janeiro : Mapa Lab, 2023.
136 p. ; 21 cm.
Edição realizada pela Mapa Lab em colaboração com a Janela Livraria.
ISBN 978-65-86367-58-4
1. Ficção brasileira I. Título.

CDD B869.3
CDU 821.134.3(81)-3

Bibliotecária: Ana Paula Oliveira Jacques / CRB-7 6963

janela + **mapa**.lab

mapalab.com.br | @amapalab

janelalivraria.com.br | @janela_livraria

Para Bruno e Otto, meus amores

"Tenho certeza de que, enquanto descíamos a grande escadaria, eu parecia ser a mesma de sempre, uma menina embasbacada de doze anos, toda braços e pernas. Mas secretamente eu sabia que havia sido transformada, comovida pela revelação de que os seres humanos criavam arte, de que ser artista era ver o que os outros não conseguiam ver."

— Patti Smith

SUMÁRIO

UM CONVITE À LEITURA

Em outubro de 2017, Aderbal Freire-Filho me convidou para assistir *Irina*, no teatro do Sesc, em Copacabana. Antes mesmo de saber que se tratava de um monólogo, representado pela atriz que eu acompanhava e admirava há alguns anos, parti para a plateia e, ao lado do diretor, me encantei com Raquel Iantas, representando a protagonista e nos conduzindo a histórias e memórias de uma vida comum, transformada, pelo texto e pela representação, em uma grandiosa experiência de humanidade.

O título, *Irina*, me conduzia à Tchekhov e à *Três irmãs*, peça que me impactou na primeira leitura e virou referência de teatro, de literatura e de vida. Em um tempo de falência estrutural das famílias burguesas, o autor, há um século, escolheu falar do fenômeno a partir de um núcleo familiar, que parecia paralisado pela impotência, e pela fantasia de mudanças que jamais aconteceriam.

Imaginei que assistiria à história das irmãs Olga, Maria e Irina, que mudaram para uma cidade provinciana, acompanhando o pai militar, e que nunca se adaptaram à vida naquele lugar. Sonhavam em voltar para a capital. E o que parecia ser um futuro promissor no primeiro ato, vai paulatinamente se transformando em uma sucessão de frustrações e desamparos.

A peça se passa no aniversário da caçula, Irina, por coincidência um dia marcado pelo aniversário de um ano da morte do pai.

O texto de Tchekhov não era o fio condutor do espetáculo protagonizado por Raquel. É possível, no entanto, que ao escolher Irina como sua personagem, a então atriz tenha, consciente ou inconscientemente, optado pela única das três irmãs que acreditava no futuro e não se submetia à amargura.

Sou uma espectadora atenta e frequente de teatro. Mas o que mais me interessa do misterioso encontro entre público e plateia é o texto que conduz à magia. Lembro-me bem do que senti findo o monólogo e acesas as luzes.

Encantada com a atuação de Raquel, cujos atributos como atriz, repito, já eram familiares, me surpreendi ao saber que era dela o texto que acabara de assistir: uma sucessão de fragmentos, de uma história que poderia ser autobiográfica, atravessando a vida de uma jovem que despertava para as possibilidades da própria existência no momento em que cortava o cordão umbilical com seu passado, sua província, seu lugar.

Lembro-me de, na ocasião, ter dito a ela que o texto merecia virar um livro. E é esta obra que, hoje, tenho a alegria de convidar os leitores e leitoras a conhecer.

Não quis perguntar à autora se as histórias eram totalmente biográficas. Vividas ou inventadas, uma vez escritas, integram a alma da escritora e a constituem igualmente.

A trajetória de Irina, suas angústias, desafios, sentimentos de inadequação, sua curiosidade e a difícil e desafiadora transição para a vida adulta são exibidos pelos capítulos curtos, quase crônicas, nas quais nenhuma palavra sobra, em um texto fluído, consistente, que desperta não só o desejo de acompanhar a personagem pelo mundo que se descortina, mas especialmente de escavar a humanidade traduzida pelas complexidades e tragédias que atravessam a vida da menina, que mergulha no futuro, um pouco à deriva, como a personagem homônima do russo do século passado.

Raquel sabe contar histórias. Sabe escolher as palavras para encadear a narrativa. Sabe nos conduzir a tempos, lugares, acontecimentos, desejos, escolhas e contradições que nos conectam com nossas próprias trajetórias.

Falar de si e da sua aldeia é falar do mundo, como lindamente escreveu Fernando Pessoa:

"O rio da minha aldeia não faz pensar em nada
Quem está ao pé dele está só ao pé dele"

Irina, pela voz de Raquel, fala do mundo. E completa um ciclo potente de uma atriz que virou personagem, que virou narradora, que virou livro, que saiu do seu lugar para transformar o mundo.

Andréa Pachá

IRINA

SERÁ QUE ESTÃO MATANDO PORCO?

Uma imensa plantação de eucaliptos foi dizimada para virar papel e o terreno deu lugar a uma vila operária, que continuava cercada por eucaliptos, matéria-prima da indústria local. Os operários trabalhavam na maior fábrica de papel do país. Moravam em casas de madeira de parede-meia. Os tanques de lavar roupa geminados eram separados por uma cerca também de madeira, que marcava a divisão entre os pequenos quintais. As famílias tinham se mudado recentemente, havia muitas crianças. Os homens trabalhavam na fábrica e as mulheres faziam o serviço doméstico.

Quando Irina saiu para brincar com os irmãos e os amigos vizinhos, a mãe pediu para não se sujarem enquanto dirigia-se ao tanque para lavar uma grande trouxa de roupa. Irina prometeu cuidado, mas era difícil não se sujar, a terra vermelha imperava. Como jogar queimado sem se sujar? E o bando correu para o descampado.

Juntando os irmãos com os amigos vizinhos, deviam ser uns doze, todos descalços, barriga de verme, alegres, gritavam, corriam. As aulas só começariam na semana seguinte, eles tinham o dia inteiro para brincar. Dividiram-se em dois times, começavam a brincadeira quando foram interrompidos por gritos. Irina reconheceu o som, estavam matando porco. Ela conhecia o grito, a avó no Natal sempre matava um porquinho para as festas.

A primeira vez que ouviu e, curiosa, assistiu à avó destrinchando o bicho, ela chorou escondida. Justo o Rosadinho. Nas temporadas de férias na casa da avó, era ela quem alimentava a criação: galinhas, gansos, patos, perus. Adorava. Os porquinhos eram os preferidos, achava-os engraçados, alegres, se a mãe deixasse, criaria o Rosado como bicho de estimação, como fazem com cachorro e com gato. O Rosadinho seria domesticado por ela, tomaria banho e à noite dormiria na sua cama. E foi ele a primeira vítima da avó que Irina viu sangrar. Escondeu o choro e a tristeza, os irmãos ririam dela. No almoço do Natal, já tinha esquecido e se lambuzou toda comendo o pernil. Acabou se acostumando, quando não era na casa da avó Yonna, era no vizinho. Na época das festas, sempre matavam um porquinho, que virava linguiça, torresmo, pernil e banha para cozinhar e passar no pão.

Ela nunca esqueceu o grito do animal sendo sangrado, o som era aquele.

Vamos ver? Largou a bola e convidou a garotada. Todos correram aos berros: estão matando porco, estão matando porco. À medida que se aproximavam, o coração de Irina, já acelerado por causa da corrida, agora batia com um pressentimento estranho. O som vinha do quintal da sua casa e os gritos não pareciam mais de um porco lutando pela vida. Eram gritos de mulher, uma discussão. Ela reconheceu a voz da mãe e da vizinha. Quando um dos amigos se aproximou do portão, ela se adiantou. Foi a primeira a ver a mãe montada sobre a vizinha, que, deitada de costas, se debatia no chão. As pernas da mãe envolviam os quadris da mulher, que gritava como um porco. Irina não queria que os amigos vissem aquela cena, mas eles invadiram o quintal e pararam em volta das duas mulheres. A mãe, ao perceber as crianças ao seu redor, levantou-se e foi para dentro da casa. Trancou-se no quarto. Alguns meses depois, a família mudou-se para a capital.

ARROZ QUEIMADO

Sentada em frente à máquina de costura, a mãe dá o último arremate e corta a linha. Experimente, vamos ver se ficou bom. A filha arranca o vestido das mãos da mãe e corre para se trocar no banheiro. Mãe, ficou lindo, está igualzinho ao da novela. Domingo vou à missa com ele, ninguém vai acreditar que eu tenho um vestido igual ao da Simone da *Selva de Pedra*. Verdade, ficou igual ao da moça da novela. Agora, arrume essa bagunça, a mãe vai descansar.

Anna entra no quarto, acende um cigarro e senta-se na cama com as costas apoiadas na cabeceira. Quando menina, ela fazia suas próprias roupas. Na igreja, chamava a atenção das beatas com seus modelos ousados. Anna inventa moda, diziam em tom pejorativo. Ela nunca lhes deu ouvidos, continuava inventando moda. Cuidar do jardim da mãe e costurar eram as suas maiores alegrias. Alheia, observa a fumaça do cigarro dissipar-se no ar. Em que momento perdeu o prazer da costura? Devia ter guardado suas criações, ela realmente inventava moda.

Na falta de um cinzeiro, Anna bate as cinzas na caixa de fósforos, dá uma última tragada, apaga o cigarro e guarda a guimba na caixa. Abre a gaveta da mesa de cabeceira, um forte odor de nicotina invade o quarto, deposita a caixa de fósforos junto a dezenas de outras. Fecha a gaveta. Tem um acesso de tosse, cospe a secreção em um lenço de algodão ressecado, duro, que guarda embaixo do travesseiro. A filha entra no quarto, senta-se na cama, leva a mão direita de Anna até o nariz, o polegar e o indicador estão tingidos de amarelo, impregnados da nicotina. Irina cheira os dedos da mãe. O que é isso, menina? Eu gosto do cheiro. Mãe, não tem comida, você não vai fazer o almoço? A mãe não está bem, faça você. Eu não sei cozinhar, sou muito pequena. Pois pegue o banquinho e coloque na frente do fogão. Hoje você vai aprender a fazer arroz. A menina volta com uma panela. Já coloquei o óleo, veja se está bom. Está ótimo, viu como você já sabe das coisas, minha bonequinha? Agora é só lavar o arroz, refogar com alho, colocar água e sal e esperar cozinhar.

A filha vai para a cozinha. Anna procura por outro cigarro. Irina entra no quarto com um pote de sal e uma colher. Quanto eu coloco? A mãe separa uma porção. Anna acende uma guimba de cigarro, traga com vontade, volta a tossir. A filha na porta do quarto: Que horas eu desligo o fogo? Quando a água secar, fique lá cuidando para não queimar. Anna na penumbra, poeira acumulada pelos cantos do quarto, roupas pelo chão, o odor de urina se mistura ao do cigarro. Examina a mão direita, o polegar e o indicador tingidos de nicotina, as unhas encardidas, leva a mão ao nariz, sente um embrulho no estômago.

No quarto, absorta, Anna sente cheiro de queimado, grita pela filha: Irina! Nada. Na cozinha, a panela de arroz queimando no fogão; no quintal, a filha brincando de boneca. Você não cuidou do arroz e ele queimou. Onde está o Nico? Vamos rápido, antes que os seus irmãos e o pai cheguem. A menina chama o irmãozinho, Anna pega os filhos pelas mãos e os arrasta apressada até o ponto de ônibus. Ambos descalços, Nico sem camisa, nariz escorrendo. Irina pergunta se a mãe tem dinheiro para a passagem, Anna não responde.

No ponto de ônibus, Anna pede dinheiro emprestado ao vendedor de balas conhecido da família. As crianças passam por baixo da roleta. Mãe e filha ocupam dois lugares de um banco, Nico vai em pé, o nariz colado no vidro, lambuzando a janela. Irina observa atenta o percurso do ônibus, quer apreender o caminho. Na última fuga da mãe, elas não souberam voltar. A mãe repete a história de sempre: a casa não é segura, o pai não é confiável, e não as perdoaria por deixarem o arroz queimar. Mãe, o pai não vai brigar com a gente, ele só fica bravo quando você fuma escondida e não toma os remédios. Anna assegura para Irina que o pai é perigoso, a casa está ruindo, eles precisam fugir.

Pede para a filha perguntar se o senhor sentado no banco ao lado tem um cigarro. Descem do ônibus no terminal rodoviário. Anna, agarrada às crianças, não sabe que direção tomar. Senta-se em um longo banco de madeira escura, encerada. O terminal rodoviário concentra uma grande área de comércio, farmácia, pastelaria, loja de frutas, banca de jornal. O cheiro do pastel frito é convidativo, Nico reclama de fome.

Na loja de frutas, tudo muito bem arrumado, as maçãs estão dispostas em cima de um papelão púrpura, protegidas por papel de seda azul. Irina se aproxima do caixa: Muito lindas essas maçãs. Será que tem alguma estragada? Acho que não, elas estão frescas, acabaram de chegar. E as bananas, tem alguma muito madura, quase passada? O rapaz do caixa diverte-se. Por um acaso a senhorita trabalha na vigilância sanitária? Não, moço, é que o meu irmãozinho está com fome e a minha mãe perdeu a carteira com o dinheiro. Nós só vamos poder voltar para casa quando o meu pai sair do trabalho, e falta muito tempo, não sei se o meu irmãozinho vai aguentar ficar sem comer, a gente ainda nem almoçou.

Irina volta com algumas bananas, tangerinas e uma maçã. A mãe quer saber como ela conseguiu aquilo. Será que você não consegue um cigarro? Não, mãe, ninguém vai dar cigarro para uma criança. Então fiquem quietinhos que eu vou procurar cigarro, não saiam daqui que eu já volto. Anna entra na pastelaria, observa os clientes, não vê ninguém fumando. Avista uma panificadora do outro lado da rua, ela sabe que onde tem café, tem cigarro. Um homem de costas no balcão fuma enquanto preenche uma cartela de loteria. O senhor teria um cigarro? O homem, autômato, pega a carteira do bolso da camisa com a mão esquerda, estica o braço em direção a Anna, concentrado, continua preenchendo a cartela com a mão direita. Ela retira dois cigarros, agradece e segue em direção à igreja a poucos metros dali.

Alheia a Irina e Nico, Anna entra na igreja, acende o cigarro na chama de uma vela que queima diante da imagem de Santa Clara de Assis. Retorna devagar até a entrada da igreja, senta-se na escada. Acaba de fumar, joga a guimba do cigarro no chão, pisa em cima. Volta a entrar na igreja. É uma bela construção do início do século XX, pé direito alto, chão de mosaico, vitrais nas janelas. Nas laterais ao fundo, dois grandes arranjos de flores, um cheiro suave de lírio no ar. Atrás do altar, no alto, um grande vitral em forma de rosácea com o Sagrado Coração no centro. Exceto por uma velhinha ajoelhada em frente a uma imagem de São Francisco, a igreja está vazia. Anna caminha em direção ao fundo da igreja, magnetizada pelas cores do grande vitral, deita-se de bruços no chão entre os arranjos de flores, sente o frescor do ladrilho em contato com a sua bochecha esquerda e a cicatriz, única lembrança de Virgíneo. Respira profundamente, tenta reter o perfume de lírio nos pulmões, busca uma purificação, deseja ser absorvida pelo chão fresco, mimetizar-se com aquele lugar sagrado. Não quer voltar para casa, não quer voltar para os filhos, não quer voltar para o marido.

NA ESTRADA

O pai prometeu que depois do expediente na fábrica passaria em casa para juntos irem à única loja de roupas e bugigangas das redondezas. Irina ganharia um vestido novo, presente de aniversário. Embora ainda não soubesse ver as horas, ela passou o dia olhando o relógio. Intuiu que o pai estava para chegar ao notar o céu alaranjado, o sol sumindo por detrás do calipiá. Lamentava ser criança, dependia do pai, da mãe, dos irmãos mais velhos, da vizinha, queria crescer logo, virar adulta. Seria caminhoneira como o pai da Mérope, o caminhão seria a sua casa, a estrada, o seu quintal.

O pai chega tocando a sineta da bicicleta, ela corre até o portão. Vamos! O pai ri. Espera, deixa eu passar uma água na cara, dar um beijo na mãe, tomar um café, comer um pedaço de broa. Irina tem pressa, quer ir já. Está escurecendo. O pai ergue aquele fiapo de gente, deposita na garupa da bicicleta. Eles vão margeando a rodovia. A noite escura de lua crescente avança sobre a estrada, engolindo carros e caminhões que trafegam velozes. Os faróis cegam, o barulho dos motores e buzinas apavora. Finalmente a estrada vicinal os leva ao centro da vila.

Mal o pai estaciona a bicicleta, Irina corre para dentro da loja parcamente iluminada. Na entrada, rolos de tecido de chita, fitas, chapéus de palha, vassouras de piaçava, regadores de plástico, bonecas, bolas, uma miscelânea de objetos coberta pela poeira da terra vermelha. Nos fundos, uma pequena arara com roupas infantis protegidas por sacos plásticos transparentes, ao lado da arara, um pequeno provador improvisado com uma cortina de chita presa a um cabo de vassoura. Irina escolhe um vestido de algodão cor de laranja plissado da cintura para baixo, adornado por um cinto do mesmo tecido e uma fivela de metal dourada. Troca-se e corre para a frente da loja. Pai, é este que eu quero. Nem bem estacionei a bicicleta e você já está de vestido novo. O dono da loja aproxima-se, ela escolheu o mais bonito. O pai paga o presente e pede que Irina se troque para fazerem o embrulho, mas ela se recusa, quer chegar em casa de vestido novo. O pai não discute. Irina coloca a roupa usada em um saco de papel pardo, busca a mão do pai e sai faceira da loja.

Uma parada na venda do seu Arlindo, o pai compra duzentos gramas de salsicha, toma dois tragos de pinga e segue com a filha para casa. A rodovia permanece movimentada, a noite instalou-se. Um caminhão vertiginoso rasga o asfalto, disparando uma buzina longa e estridente, por pouco não joga para fora da pista uma caminhonete Ford Rural, e desaparece bruscamente como uma assombração. A Rural prossegue sonolenta com apenas um dos faróis aceso. Irina, assustada, colada às costas do pai, volta a digladiar com o tempo, quer chegar logo em casa, se exibir para a mãe e os irmãos. Domingo vai à missa com o vestido novo.

Abruptamente, a bicicleta resvala em uma pedra, pai e filha são lançados ao chão, a cabeça de Irina vai de encontro ao asfalto. Aturdida, percebe um clarão se aproximando, outro caminhão/assombração célere rompe a estrada. Atordoada, levanta-se, joelhos e perna ralados, tudo dói, mas ela retém o choro. O pai, contrariado e mudo, limpa a poeira da roupa, examina a bicicleta, ajeita a filha na garupa e volta a pedalar. A mão dolorida de Irina lateja, instintivamente ela limpa as mãos na roupa, e percebe que sujou o vestido de sangue. Apoia a cabeça nas costas do pai e soluça baixinho. Entra em casa feito uma flecha. Refugia-se no quarto que divide com os irmãos. A mãe chama, quer ver o presente. Irina, amuada, mostra o vestido sujo de terra e sangue. A mãe se compromete a lavar com sabonete. Vai ficar perfumado, parecendo novo, melhor do que quando estava na loja.

Irina teve uma noite turbulenta. Sonhou com estrada, caminhão, buzina, farol. Acordou com o rosto tomado pelo cobreiro. A mãe decide levar as crianças para benzer. Além do cobreiro, Irina e Nico, o caçula, estavam com quebranto. Irina reluta em ir, a benzedeira mora embaixo da ponte, na rodovia, ela não quer voltar para a estrada. Mas a mãe não dá ouvidos. E os três se aventuram na longa caminhada.

Nico toma a liderança, com um galho de árvore arrastando no chão, levanta poeira, a irmã reclama, a mãe pede para o menino parar. Nico não obedece. Irina tenta arrancar o graveto das mãos do irmão. Em meio à discussão, surge Dick, o vira-lata da família, latindo alegre, serelepe, quer brincar, começa a mordiscar o galho. Esqueceram de prender o mascote. Já estão no meio do caminho, não pretendem retornar. Irina fica contrariada com a presença do cachorro, mas se recusa a voltar para prendê-lo. A noite anterior inscrita na perna e mãos raladas, e agora os caminhões em alta velocidade sacodem o coração da menina. Nico joga um pedaço do graveto para Dick apanhar, o cachorro volta lépido com o graveto na boca, e a brincadeira se repete infinitas vezes. Já estão a poucos metros da ponte, morada de dona Lídia, quando Nico erra o alvo e o graveto desgovernado vai parar no meio do asfalto. Dick corre atrás e se vê encurralado entre carros e caminhões. A mãe e as crianças gritam, tentam acalmar o animal, provocam efeito contrário. Dick, graveto na boca, aflito, dribla um carro, mas é atropelado por um caminhão. Irina desespera-se, quer tirá-lo da estrada. A mãe contém a filha. Nico, encolhido de cócoras, mãos enfiadas na boca como se as fosse engolir, evita olhar para a cena. A mãe pede para Irina buscar ajuda, chamar dona Lídia. De súbito, o filho abobado da benzedeira aparece em socorro, acompanhado por três cachorros. É um homem grande de quase dois metros. Ele aproveita uma brecha no tráfego e arrasta o animal para a beira da estrada. Dick ainda respira, o pelo preto lustroso está empapado de sangue, a perna direita traseira aparenta ser a mais comprometida. Os cachorros lambem Dick, o rapaz usa sua jaqueta jeans para carregar o animal ferido.

Todos o seguem em fila indiana até a casa de dona Lídia. Ao descerem a escada esculpida no barranco, já dá para sentir o cheiro forte de defumador. Ao lado da moradia improvisada, alguns vasos em latas enferrujadas abrigam pés de alecrim, cavalinha, boldo, arruda, guiné. O chão é de terra batida, o ambiente é fresco. Mais abaixo o rio flui sereno, o som da água correndo é tranquilizador. Uma chaleira de alumínio gasta e coberta de fuligem equilibra-se entre pedras que circundam o fogo. Pedras maiores servem de banco.

Dona Lídia está sentada em uma delas. Cigarro de palha na boca, sorri desdentada. Pede para a mãe sentar, oferece uma caneca de chá. Irina e Nico sentam no chão, enroscados nas pernas da mãe. O cachorro ferido é depositado em frente à mulher. O ritual começa. Dona Lídia murmura sua reza baixinho, os lábios finos e murchos tremulam, mãos espalmadas, um terço entre os dedos da mão esquerda e um galho de arruda na direita. Guardando distância, ela percorre o corpo de Dick com as mãos, dá uma longa tragada no cigarro de palha, joga três baforadas em direção ao animal. Nico e Irina, pacificados, acompanham o rito de cura e também são benzidos. A mãe agradece à mulher, que pede para ficar com o cachorro até ele se recuperar. A mãe assente. Abre a sacola de algodão e oferece uma broa de centeio, uma cabeça de repolho e algumas batatas em retribuição. A mulher abençoada não cobra pelo trabalho, recebeu o dom de Deus, mas aceita as doações.

Beirando a rodovia a caminho de casa, Irina quer saber por quanto tempo dona Lídia vai ficar com o Dick.

A mãe não sabe, diz que vai ser rápido, logo, logo o Dick estará de volta. O som ensurdecedor de uma buzina de caminhão assusta, os três voltam-se para trás. Em meio a uma cortina de poeira, irrompe o caminhão do seu Jorge, pai da Mérope. Querem carona? – grita do alto da cabine. Irina é a primeira a escalar o caminhão, senta-se ao lado do motorista. O banco é coberto por um tapete feito com retalhos de tecidos, no painel, uma foto da família: Mérope, os irmãos gêmeos, a mãe e seu Jorge, barbudo e sorridente. Nico sobe na cabine, senta colado à irmã, a mãe acomoda-se à janela. É a primeira vez de Irina num caminhão. Uma alegria intensa ilumina seu rosto. Confiante, troca sorrisos com Nico, com a mãe e com seu Jorge. Atenta a todos os movimentos do motorista, se estica para o lado da mãe, vê a ponte onde mora dona Lídia sumindo no retrovisor. Acaricia o joelho ralado, está melhor. Apoia a cabeça no encosto do banco, sente o vento no rosto. É esse o seu lugar na estrada, quando crescer vai ser caminhoneira.

MUDANÇA

Agarrada a um travesseiro de pena desmantelado e encardido, Irina acompanha o pai e seu Jorge carregarem o caminhão. Sonja, a irmã mais velha, pega roupas no varal. Teriam sido esquecidas, não fosse Salete avisar. Os irmãos brincam na rua de terra batida com uma bola de meia que acabaram de enrolar. Seu Jorge, camisa empapada de suor: Nicolau, tem mais alguma coisa? Irina se adianta, atropelando o pai. Vasculha os cômodos da casa. Em meio ao desértico quarto dos pais, encontra no chão, atrás da porta, uma carteira de cigarros amassada. Apodera-se do objeto, leva-o direto às narinas, em seguida guarda dentro da fronha junto ao travesseiro. Segue a busca atrás das portas, na sala, e grita do meio da cozinha: Não tem mais nada, pai. Surpreende-se com sua voz ecoando na casa vazia. Pé ante pé, chama baixinho pela mãe. A irmã coloca as roupas do varal em uma caixa de papelão cheia de utensílios de cozinha. Seu Jorge transpassa uma longa corda pela carroceria do caminhão. Dick, manco desde o atropelamento, ziguezagueia excitado, dando latidas intermitentes. Os dois homens prendem o cachorro na carroceria do caminhão, estão prontos para partir. Pai, deixa eu ir junto, implora Irina. Já falei que não, amanhã vocês vão com a sua tia de ônibus, por ora, obedeçam a Salete. O caminhão parte rumo à capital. Irina volta para dentro da casa e grita: Mãe, mãe! O som reverberando nas paredes da casa vazia dá calafrio no corpo frágil da menina. Senta na soleira da porta da cozinha, enterra a cabeça no travesseiro, respira fundo, o cheiro acolhedor do tabaco invade seus pulmões.

* * *

Foram quase seis horas entre a despedida de Salete, que abraçou e beijou cada um dos cinco irmãos, até eles saltarem do ônibus na rua onde morariam pelos próximos 16 meses. Salete os fez prometer que viriam visitá-la, apesar da certeza de que nunca mais teria notícias daquela família. Tia Leocádia, irmã mais nova da mãe de Irina, responsável pelas crianças, teve trabalho durante a viagem. Nico fez xixi nas calças, Wlamir, o irmão do meio, vomitou no ônibus intermunicipal e ambos viraram motivo de zombaria entre os irmãos.

Saltam do ônibus municipal na rua da casa emprestada pelo tio Boleslau. De mãos dadas, a pedido da tia, procuram o número 125. Irina, que ainda não reconhecia os números, fica fascinada com a variedade e beleza das residências. O bairro é de classe média alta, com casas sólidas e bem cuidadas. Ansiosa por saber qual delas será destinada à família, vai parando em frente dos portões, repetindo a pergunta: É essa? A única ignorada, por estar inacabada, com tapumes nas janelas, é justamente a de número 125. Ali será, ainda que provisório, o novo lar de Irina. Mas essa casa não tem nem janela. Eu não quero morar aqui, essa casa é muito feia. E quem disse que você decide alguma coisa, sua pirralha, retruca Jardel, o irmão mais velho, nitidamente decepcionado. Leocádia chama atenção para as qualidades da casa: São três quartos, os meninos vão ficar em um, e as meninas, em outro, o quintal nos fundos é gigante, dá para fazer um campo de futebol. Só se for futebol para formiga, fora que está todo sujo, cheio de restos de obra, resmunga Wlamir.

Depois de inspecionar os quartos e a sala na esperança de encontrar a mãe, Irina atravessa a cozinha e abre a porta de um pequeno quarto nos fundos da casa. Grita apavorada. Tia e irmãos apressam-se ao seu encontro e deparam-se com um alçapão de madeira aberto rente à porta, que ocupa toda a área do cômodo, revelando um fosso profundo, cercado por prateleiras vazias. Parecia uma armadilha. O que seria aquilo, e por que foi deixado aberto? Jardel decide periciar a casa, enquanto a tia convida todos a ajudá-la a desencaixotar a mudança. O menino volta com os olhos arregalados: Tem marca de tiro no muro e na parede da frente da casa. Uma nova expedição das crianças e da tia. Realmente parece marca de bala, concorda Leocádia. Irina se embrenha sozinha para os fundos e encontra uma pequena construção de madeira. Um cachorro late no interior do casebre. Ela empurra a porta e, assustada com o que acaba de ver, dá um grito longo e estridente. A tia e os irmãos acodem, Irina, apavorada, se enrosca na cintura da tia. De dentro do casebre, sai um velho maltrapilho, ele tem uma farta cabeleira desgrenhada, barba e bigodes grisalhos. Dick, com olhar amistoso, está ao seu lado, preso por uma corda. O velho veste uma camisa com abotoamento desencontrado, a calça tem a perna direita rasgada, deixando à mostra a pele coberta de eczemas. Vocês devem ser parentes do Boleslau, acho que ele não falou de mim. Eu tomo conta da casa desde que o Vitório fugiu.

Tia Leocádia, depois de procurar em várias caixas, consegue preparar um macarrão. Para desespero de Irina, Fridolino, o velho vigia da casa, é convidado. Sentado no chão junto à parede com o prato de macarrão entre os joelhos, e Dick ao lado lambendo suas feridas, é sabatinado pela tia, que cobra esclarecimentos sobre o fosso no quarto dos fundos e as marcas de bala nas paredes. As marcas de tiro e o fosso foram obras de Vitório, o filho mais velho do Boleslau. Fridolino conta que o rapaz era comunista, fez o fosso para esconder livros subversivos, mas foi delatado, chegou a trocar tiros com os milicos, conseguiu fugir, nunca mais deu notícias, sumiu. Com o desaparecimento do filho, Boleslau desencantou-se pela casa e abandonou a obra.

Irina, hipnotizada pelas moscas em volta da perna de Fridolino, pergunta-se o que é comunista, o que é livro subversivo e por que o tio sumiu? Raspa o prato de macarrão, enrosca-se no travesseiro. A mãe também sumiu. Será que ela é comunista como o tio?

A JARDINEIRA DE VELUDO VERMELHO

Largou o material da escola em cima da cama, almoçou correndo e seguiu para o costumeiro passeio pós-almoço. Ia catar caquinho. O bairro ainda era novidade. Nesse dia, ela fez um caminho diferente, pulou o muro dos fundos, um muro alto para o seu tamanho, mas aprendera com os meninos mais velhos. Caiu macio, os joelhos flexionados. O quintal da vizinha. Um jardim bem cuidado, tudo no seu devido lugar, canteiro de flores, grama aparada, canto de pássaros. Parecia que ali, no meio daquela ordem toda, os passarinhos eram mais felizes.

O lugar era o oposto do quintal de sua casa. Andou sorrateira, percebeu que não tinha ninguém. No varal, dançando entre lençóis e toalhas de banho, uma peça de roupa vermelha. Ficou hipnotizada, um vermelho intenso, brilhante, macio, um vermelho real, autêntico. Era o que ela procurava. Pensou que, em meio a tantas roupas, ninguém se importaria se ela levasse aquela pequena peça vermelha.

O varal alto, ela baixa. Mas sabia das manhas: com a ajuda de uma vassoura, depois de uma dezena de tentativas, tinha nas mãos uma jardineira infantil de veludo cotelê vermelho. Sentiu a maciez do tecido, uma urgência se instalou, precisava ser rápida. O muro era mais alto desse lado ou falsa impressão? Não havia nada que pudesse ajudá-la a subir, cadeira, escada, banco, nada. Enfiou a jardineira por debaixo da blusa, qual uma falsa barriga, e saiu decidida pela frente da casa. Abriu e fechou o portão, como se ali morasse. Ao sair, viu uma mulher vindo em sua direção, tomou o caminho oposto, mais longo, mais seguro. Com passos firmes, determinados, foi se afastando. Será que a mulher percebeu algo estranho? Estranho, não tinha nada de estranho, apenas uma menina saindo de casa. Teve que dar uma volta enorme, estava ansiosa, seguiu rápida com a jardineira sob a blusa.

Em casa, sem ser vista, pegou a tesoura e foi direto para o quarto, que dividia com a irmã. Um quarto pequeno, duas camas de solteiro. Embaixo da cama, uma caixa com recortes de revistas de moda que encontrara em suas andanças. Procurava um modelo específico. Em meio a dezenas de folhas soltas, ela finalmente encontra a foto de uma atriz, elegantemente trajada com um vestido longo vermelho. É o mesmo vermelho da jardineira, e o modelo, lindo. Pega a boneca Susi, recém-angariada na campanha solidária do Dia das Crianças. A boneca de segunda mão lhe foi entregue careca, pelada, com o rosto rabiscado de caneta. Irina nutria a esperança de ganhar uma Susi novinha, na caixa.

Enquanto a nova não chega, ela prepara um enxoval usando a careca riscada como modelo. Põe a boneca ao lado da jardineira, calcula a altura e corta uma das pernas da roupa. Tem uma certa dificuldade, uma tesoura grande em mãos tão pequenas. Coloca a perninha cortada ao redor da boneca. Quando se levanta para pegar barbante para amarrar o tecido no corpo da boneca, seu pai abre a porta do quarto. Ela toma um susto. O que você está fazendo, minha filha? Estou brincando de fazer roupinha pra minha boneca. Ao olhar para o pai, percebe um pouco mais atrás dele, esticando a cabeça, aquela mesma mulher que ela tinha visto ao sair da casa da vizinha. A reação imediata foi tentar esconder o que restava da jardineira, mas o pai, olhos desapontados, foi mais rápido. Ele pega a jardineira das mãos de Irina e mostra para a mulher: É essa? Ela concorda com a cabeça.

Está destruída. O pai encara Irina, vermelho de vergonha e de raiva. Nós já conversamos. Sai com a mulher e fecha a porta do quarto. Irina sente seu mundo destroçado, preferia morrer, queria voltar no tempo, não ter feito aquilo. Vê a boneca envolta no tecido vermelho. Ficou feio. Apanha a tesoura. Segura com firmeza. Espera a bronca do pai, fazendo picadinho de jardineira.

O MURO

Você tem que ir embora! Sentiu urgência no olhar da amiga, obedeceu. Não perguntou o porquê, abandonou a boneca junto às outras no tapete da sala, pulou o muro afobada, por pouco não torceu o pé, logo ela que sabia das manhas. Estatelada junto ao muro de casa, buscava entender o motivo daquela precipitação, fizera algo de errado?

Era a segunda vez que saía aos tropeços da casa da amiga. Na semana anterior, a mãe de Tábata, de súbito, a desafiou a pular o muro. Irina, qual um cãozinho adestrado, atendeu ao comando. Só se deu conta que ficara sem o lanche prometido quando já estava no quintal de casa.

Agora, cotovelos na mesa da cozinha, observa a mãe da amiga espalhar geleia de amora sobre uma fatia de pão. O som metálico do portão sendo aberto, o ronco do motor entrando na garagem transfiguram a expressão de dona Marta. Irina acompanha os lábios da mulher retesando-se, os olhos embotarem-se, a serenidade sumindo e o desafio abrupto: Quero ver se você consegue pular o muro mais rápido que o gato da Tábata.

Toma fôlego, sacode a poeira, quer confirmar a desconfiança. Ouve o grito da avó: Irina, já para dentro! Escapa para a rua. Na garagem da casa da amiga, o Galaxie do pai tinindo de novo. Irina, volte já para casa. Agora ela não tinha saída, a avó com uma vara de marmelo na mão. Contrariada, chutando pedrinhas, acompanha dona Wasca até a cozinha.

Irina passava os dias fugindo da avó, convocada às pressas para cuidar das crianças até a mãe voltar do hospital. Por que justamente essa avó? Magra e carrancuda, dona de um sotaque carregado, Wasca mistura português e polonês. Chegou decidida a botar ordem na casa, montou vigília em frente ao armário do pão para os netos aprenderem a comer no horário certo. Fazia revista depois do banho, umedecia a ponta da toalha com saliva e limpava as orelhas e umbigos dos cinco irmãos. Irina preferia a avó Yona, mãe da mãe, rechonchuda e risonha, trazia milho cozido e cuca de banana quando vinha da roça visitar.

Esperançosa, imita a cena que viu na igreja, olhos cerrados, mãos unidas: faz a mãe voltar, Deus. Faz a mãe voltar.

À noitinha, sentada no muro inacabado em frente a casa, ainda sem portão, aguarda a chegada do pai. Quando ele chega sorrindo e pede para Irina adivinhar a novidade, ela já sabe. Agradece a Deus, em retribuição promete ser uma boa menina, obedecer a avó. Ao acordar, o pai já havia saído, dona Wasca se ocupava com o Nico. Irina surrupia um pedaço de broa do armário, desaparece em busca de flores, vai arrumar a casa para receber a mãe. Ao passar deliberadamente devagar em frente à casa da Tábata, dá com a amiga brincando no jardim. Irina quer contar da mãe, pedir algumas flores, mas a amiga a atropela, hoje não vamos poder brincar juntas, meu pai está em casa. Na quadra seguinte, junto ao jardim mais bonito do bairro, um homem preto, magro, usando um grande chapéu de palha, ajoelhado diante de um canteiro de capuchinhas. Irina se apresenta, fala do desejo de arrumar a casa para receber a mãe. Seu Rosalvo, o jardineiro, é um homem gentil. Irina volta para casa com uma braçada de flores, margaridas, azaleias, narcisos, antúrios, calêndulas, cravos e hortênsias. Na falta de vasos, ela distribuiu os arranjos em panelas, chaleiras e cascos de garrafa. Os irmãos reclamam, a casa parece um cemitério. Irina ignora, a mãe vai gostar.

De banho tomado, cabelo penteado e vestido amarrotado, senta-se no muro. O tempo suspenso. A cada vez que ouve o motor de um ônibus, salta do muro, ajeita o vestido, o cabelo, para dali a pouco voltar a sentar-se. Ouve o carro do pai da Tábata, que manobra para sair da garagem. Irina, sentada no muro. No Galaxie, Tábata, a mãe e o pai. Irina se estica e vê. O pai da amiga olha e não a vê. Dona Marta, sentada ao lado, elegante com os cabelos em coque, olha e finge que não a vê. Irina vigilante. No banco traseiro, de maria-chiquinha, Tábata, imóvel, olha e desvia o olhar para o chão. Irina vê. Acompanha o Galaxie se afastar com a família.

De pronto, pula do muro e caminha até a casa da amiga. Gardênias exalam um perfume inebriante, a flor preferida da mãe. Irina estica o braço por entre as grades, com grande esforço consegue pegar uma gardênia. A flor branca, recém-desabrochada, condensa o exótico perfume em cada uma das suas pétalas. Irina toma distância, a flor colada às narinas, contempla as duas casas separadas por um muro: o belo sobrado da família da Tábata, o jardim impecável, as refeições sempre servidas nas horas certas, a mesa com toalhas limpas e bem-passadas; no terreno vizinho, a casa inacabada de Irina, no lugar do jardim, ervas daninhas, restos de obra, paredes sem reboco, a mãe ausente, internada. Olha para a flor, percebe as unhas encardidas, antes ignoradas. Compreende o pai da Tábata. Concentra-se, olhos apertados, mãos unidas, quer ser a Tábata. Ter a mãe penteando os seus cabelos, fazendo maria-chiquinha, uma coleção de doze bonecas Susi, os muitos vestidos e sapatos. Já está acomodada no Galaxie, quando reconhece a voz a chamá-la. A alegria é instantânea. Vira-se, vê a mãe, magra e abatida. Mas o sorriso é largo e os olhos verdes brilham. A mãe ajoelha-se para abraçar a filha, que lhe oferece a flor roubada.

CIRCO

Ingressos na mão, banho tomado, cabelos úmidos, Irina e Nico aguardam impacientes na longa fila. Irina com os cabelos presos em maria-chiquinha. O primeiro pedido feito à mãe, assim que ela chegou do hospital, ir ao circo de maria-chiquinha. O pai estava orgulhoso, ganhou os ingressos para o programa inédito da família. A obra para a qual trabalhava era vizinha ao terreno onde a lona do circo foi montada. Houve atraso da companhia de eletricidade para a instalação da energia e Nicolau quebrou vários galhos para a trupe circense. Foi recompensado com oito ingressos, quatro por sábado. Na semana seguinte, o tio traria Jardel, Sonja e Wlamir. Para economizar, a pipoca veio de casa, mas o pai percebeu Irina salivando por uma maçã do amor, e Nico hipnotizado pelo algodão-doce. Resistiu a princípio, acabou comprando as guloseimas, caríssimas.

As crianças entregam os ingressos para um anão sorridente, que usa uma cartola maior do que ele. A família entra na enorme tenda de lona coberta de remendos, chão de serragem. Irina, olhos arregalados: É um grande círculo, por isso que se chama circo? O pai e a mãe sorriem. A menina não está interessada na resposta, quer reter a cena: a mãe e o pai juntos. A mãe está curada.

Puxa Nico pela mão, correm por entre as cadeiras. Sentam-se próximos ao picadeiro, ao lado de uma família sorridente. Irina constata radiante que a menina também está de maria-chiquinha, chama-se Patrícia, o irmão, Pedro. Por educação, Irina oferece um pedaço da maçã do amor, torcendo para que a menina, por educação, recuse. Patrícia abre uma bocarra e morde, um pedaço da cobertura de açúcar vitrificada cola em seu nariz. Ela faz uma careta engraçada e todos riem, cúmplices. A gargalhada coletiva é interrompida pela entrada explosiva da música e a movimentação intensa dos palhaços. Irina estremece, é muita coisa para apenas um par de olhos, que dançam à procura dos palhaços espalhados no picadeiro. Vira-se para trás buscando a mãe, ela está abraçada ao pai. Vai ser assim daqui para a frente, a mãe está curada. Patrícia conta: São sete palhaços, como os sete anões. Eles ora fazem malabares, ora piruetas e palhaçadas. Em meio a uma dança amalucada, um palhaço baixinho pisa no pé do palhaço grandalhão, que reage gesticulando exageradamente, resultando em um choro escandaloso, que acaba com o clássico esguicho de água na plateia. As crianças atingidas pela água voltam a gargalhar.

Mal os palhaços saem de cena, um canhão de luz foca em um casal de trapezistas. Irina rói as unhas, Nico puxa as próprias orelhas. Ao final da apresentação, Irina busca a cumplicidade da mãe, e surpreende-se com seus pais conversando com os pais de Patrícia. A mãe está curada. Ficará amiga da mãe da Patrícia, as famílias se frequentarão, as mães vão trocar receitas de bolo e os pais conversar sobre futebol. Outra explosão musical, agora para a entrada do mágico e de sua assistente. Ele usa cartola e paletó de cetim pretos, a assistente, um vestido curto vermelho de melindrosa. Irina encanta-se pelo figurino da moça, vai pedir para a mãe fazer um vestido igual, quer reter cada detalhe. De repente, blackout, música de suspense para a entrada do atirador de facas. Irina aproveita para se enroscar no colo da mãe, Nico se aninha no do pai. Patrícia e Pedro fazem o mesmo. O domador de leões entra chicoteando o chão, as crianças gritam em uníssono. Irina percebe o leão magro e triste. Em seguida, o esperado número com os elefantes. Três elefantes entram em fila indiana com as trombas enlaçadas nos rabos uns dos outros. Olhos opacos, melancólicos, sujos e malcheirosos. Irina olha em volta, sorrisos, ninguém liga para o desalento dos bichos. Assim que se posicionam em cena, o elefante do meio faz cocô, e a gargalhada entre as crianças é instantânea, o cocô é colossal, paquidérmico. Minutos depois, entra um rapaz com vassoura e pá para retirar os dejetos, nova gargalhada geral. Um longo número de dança, bailarinas sobre patins trajando maiôs prateados e penachos na cabeça finalizam a apresentação, seguida de todo o numeroso elenco para os agradecimentos. A plateia marca com palmas o ritmo da música.

A família de Irina aceita a carona oferecida pelos pais da Patrícia. Empoleirados no carro, o assunto foi o número preferido das crianças, as gargalhadas constatam que o cocô paquidérmico ganhou de lavada.

O desembarque em frente à casa foi tumultuado e alegre, despediram-se com promessas de futuros encontros. O Galaxie azul-bebê vai sumindo ao longo da rua.

NICOLAU

Os nove irmãos ajudavam o pai na roça de segunda a sábado. Nicolau, o filho do meio, passava as terças e as quintas em casa fazendo pequenos consertos. O menino habilidoso ajudou o pai a construir o paiol, consertou sozinho a carroça e fez várias gamelas com troncos de árvores para alimentar a criação no curral. O pai achou vantajoso ter o filho duas vezes por semana na casa fazendo reparos. O menino não gostou, ele não seria útil na roça como os irmãos? Mas acabou dando razão ao pai, não faltavam coisas para consertar, cadeira com perna solta, armário sem prateleira, cama com pé quebrado, porta emperrada. Quando não estava recuperando ou construindo algum móvel, Nicolau estava com uma pequena faca na mão entalhando madeira. Fez um lindo entalhe de Nossa Senhora de Czestochowa e deu para a mãe. Dona Waska ficou encantada com a arte do filho, o ícone da padroeira da Polônia ficaria na cozinha na parede em frente à mesa das refeições. Antes, porém, o entalhe seria benzido pelo padre Romek.

Ao final da missa de domingo, dona Waska foi à sacristia, mostrou a arte do filho, pediu para o padre benzer a imagem. O padre se encantou, incentivou a mãe a falar com o Ludomir da marcenaria. Ele recebeu esse dom de Deus, seria um pecado não o estimular. Na terça-feira, assim que pai e irmãos saíram para a roça, Waska foi com o filho até a marcenaria, mostrou o entalhe da santa e falou dos consertos que o menino fazia na casa. Será que Nicolau não poderia trabalhar de ajudante duas vezes na semana? Foi o padre Romek quem mandou eu falar com o senhor. Ludomir aceitou o garoto como ajudante, a igreja era um cliente importante da marcenaria. Mas ele não terá direito a salário e precisa trazer o lanche de casa. O pai do menino não gostou. Quem trabalha de graça é relógio!

Waska convenceu o marido, o filho recebera o dom de Deus, um pecado desperdiçar. Às terças e quintas, Nicolau tomava café com a família. Era a turma sair para a roça, o menino fazia alguns reparos na casa, depois ia de bicicleta para a marcenaria. Fazia tudo com capricho, Ludomir estava satisfeito. Quando o menino completou seis meses no trabalho, ganhou de presente do patrão um jogo de formões, uma plaina e um convite para trabalhar todos os dias. Receberia um pequeno salário, de acordo com a produção. Nicolau mal completara 14 anos, ficou esfuziante. Waska convenceu o marido, que não queria abrir mão do filho na roça. O polaco só aceitou quando a mulher garantiu que Ludomir entregaria todo o salário de Nicolau para o pai e o menino continuaria fazendo os consertos na casa.

Nicolau prosperava. Com dois anos na marcenaria, já visitava clientes e fazia móveis simples sem precisar de ajuda. Em uma tarde chuvosa, Ludomir pediu para Nicolau visitar um novo cliente, havia feito um escambo com o velho Burco, proprietário do sítio vizinho ao da família de Nicolau. O homem queria reformar alguns móveis infestados de cupim, pagaria com produtos do sítio. O rapaz passou a tarde na casa do vizinho. Enquanto trabalhava, uma das filhas do Burco ficou à sua volta acompanhando cada movimento do pequeno marceneiro. A Abelhinha, como Nicolau começou a chamá-la, falava sem parar, queria ser sua ajudante. Acabado o trabalho, Nicolau foi despedir-se, a menina pendurou-se no seu pescoço, deu lhe um beijo na bochecha e prometeu casar com ele quando crescesse. Nicolau saiu ruborizado. Em casa, contou para a mãe a história. Na casa do Burco, aquele ucraniano beberrão? Ele espanca a mulher e os filhos. Não dê assunto para aquela gente, não esqueça que você é um polaco. Waska, apesar de nascida no Brasil, só convivia com a comunidade polonesa, o pouco que sabia da língua portuguesa aprendera com os filhos, que frequentaram a escola até a alfabetização.

No final daquele mês, Ludomir ofereceu a Nicolau uma parte do salário que entregava todos os meses à dona Waska. Posso dar uma parte diretamente para você, afinal seu salário vem aumentando, seus pais não precisam saber quanto você ganha. Nicolau ofendeu-se. Não, muito obrigado, meus pais me dão casa e comida, só estou aqui porque a minha mãe falou com o padre Romek. Muito bem, Nicolau, isso é um sinal de caráter, continue assim, respondeu Ludomir, constrangido.

Nos finais de semana, os irmãos e amigos saíam para pescar e à noite iam ao baile. Nicolau ficava em casa trabalhando nos entalhes, ou lendo *Seleções Rea-*

der's Digest, o patrão depois de ler dava os exemplares para Nicolau, que os devorava. Ali Nicolau aprendeu a época certa das colheitas, dicas de saúde, curiosidades sobre países distantes, o mundo animal e uma série de piadas. Dava prioridade às seções "Enriqueça seu vocabulário" e o esperado "O livro do mês". Gostava de histórias de aventura e mistério, mas os romances açucarados eram os preferidos. Nicolau sonhava viver uma história de amor nos moldes dos romances que lia.

Finalmente cedeu ao convite dos irmãos e começou a frequentar os bailes. Chamava a atenção por suas idiossincrasias. Costumava sentar-se em uma mesa afastada do salão, num ponto estratégico, com boa visibilidade para acompanhar o baile, como um voyeur. Nas raras vezes em que não conseguiu um bom lugar para sentar-se, foi embora. Os garçons passaram a reservar uma mesa para ele. Um rapaz educado, contador de piadas e histórias e que costumava presenteá-los com entalhes que faziam sucesso com as namoradas. Sentava, pedia uma branquinha, um copo d'água e linguiça frita. Passava a noite assistindo à dança no salão, tamborilando no tampo da mesa o ritmo da música. Jamais convidou moça alguma para dançar, o prazer estava em ver os casais se formando, apostar em segredo quais romances prosperariam, quem seria abandonado, as atitudes provocadas pelas cenas de ciúmes e os desencontros. Bonito era ver o salão cheio, as rodas dos vestidos das moças cobrindo o chão de tábuas, lembrava as tapeçarias das histórias das arábias. Pensava no quanto devia ser bonito ver aquilo tudo lá do alto. Observava o baile, especulava sobre as pessoas e suas relações, contava alguma piada ou curiosidade que lera na *Seleções*, acabava a cachaça, pagava a conta e ia para casa. Os amigos cobravam uma atitude: As moças todas loucas para dançar com você, e nada de você convidar umazinha sequer, enquanto nós só recebemos recusas, porque elas ficam na esperança de dançar contigo. Melhor ficar em casa cavoucando madeira.

Nicolau passou a cultivar um bigode ralo e bem aparado e a usar um cinto de couro multiuso com espaço para colocar seus formões, goivas e pequenos pedaços de madeira para os entalhes. Adotou um ar de mistério. Bonito, educado, discreto, tornou-se um rapaz cobiçado. A fama de bom profissional se espalhava, e a de ser virgem também, nunca o tinham visto com mulher. Os irmãos foram se casando, e nada do Nicolau arrumar namorada.

Um dia, trabalhou até mais tarde, esperando a chuva passar. Deixou a marcenaria de bicicleta, já escurecendo. No meio do caminho cercado pela mata, próximo de casa, uma noite sem lua, ouviu vozes ao longe, parecia uma discussão. Aproximou-se com cuidado, encontrou o vizinho, Burco. O cheiro ácido da cachaça denunciava o estado do homem. Irritado, falava alto, amaldiçoava. Coberto de lama, tentava consertar a carroça, encalhada numa poça e sem uma roda. Está lembrado de mim? Além de seu vizinho, há muitos anos reformei os seus móveis que estavam infestados de cupins. Burco bateu forte nas costas de Nicolau. Claro, meu rapaz, você é filho do Cabrinsky. Pode me ajudar com essa carroça? Fui deixar na mão da menina e ela me joga a carroça no buraco. Estava escuro, eu não vi, responde Anna, surgindo de trás do cavalo. Abelhinha, é você? Anna sorri. Você lembra de mim e do apelido que me deu? Burco interrompe. Então, meu rapaz, você vai me ajudar com a carroça? Nicolau se esforçou, mas não conseguiu ajudar, estava escuro e não havia ferramentas apropriadas. Anna foi para casa com o pai no pangaré da família. Nicolau ficou observando Anna e o pai sumindo na escuridão. Não entendia como nunca mais havia visto Abelhinha, vizinha de sítio. De bicicleta, pôs-se a caminho de casa, pedalando e pulsando em estado de desejo e espanto. Ao chegar, taquicárdico, fez com mãos hábeis um pequeno e caprichado entalhe de madeira, um coração com os nomes Anna e Nicolau entrelaçados.

BONECA DE MILHO-VERDE

Depois de perambular pela vizinhança futucando o lixo alheio, chega em casa repleta de bons achados. Vidros de geleia, que depois de submersos na água soltarão o rótulo, limpos, serão perfeitos para armazenar pedrinhas especiais, bolas de gude, botões, fitas e contas coloridas. Encontrou também algumas revistas de moda, e o grande achado do dia, uma caixa da boneca Susi. Antes do lixo, a caixa certamente esteve exposta na vitrine de alguma loja da cidade. Irina continuava brincando com a Susi careca de segunda mão, que angariou na campanha solidária do Dia das Crianças, mas alimentava a esperança de ganhar uma nova. A caixa que encontrou no lixo estava rasgada e amassada, quem a abriu não teve paciência nem cuidado, possivelmente na ansiedade de ter logo o brinquedo nas mãos.

Irina, quando ganhar a sua Susi nova, será cuidadosa, planeja abrir a caixa com cuidado, afinal a caixa é a casa da boneca. Fora que vem repleta de fotos da Susi em vários figurinos diferentes. Vestida para uma festa, vestida de noiva e com roupa de passear. Desamassa e desmonta a caixa com cuidado, tesoura na mão, recorta cada uma das fotos impressas no papelão, por algum tempo distrai-se brincando com as figuras recortadas. Irina colecionava fitas e contas, retalhos de tecidos, elásticos, tudo devidamente guardado à espera da boneca nova. Faria roupinhas inspiradas nas fotos da Susi e das revistas de moda que folheava na banca do seu Augusto e encontrava em suas andanças. A mãe dizia que, quando crescesse, Irina seria modista ou cabeleireira. A menina, que já quis ser caminhoneira, achava que podia ter as duas profissões, gostava de criar roupinhas para as bonecas e fazer penteados na cabeleira negra da mãe.

Juntou os recortes de papelão, achou que era pouco, precisa de mais. Decidiu aventurar-se por ruas distantes, quem sabe dá sorte, encontra outra caixa da boneca. Caminha longe vasculhando lixeiras, catando flores, até chegar a uma rua deserta e sem saída. Ao lado de uma casa em construção, depara-se com um terreno baldio protegido por uma cerca de arame farpado. Ali um tímido e verdejante milharal dançava embalado pela tarde ensolarada e o canto da cigarra. A rua deserta era um convite. Irina esgueira-se através da cerca, avista uma primeira espiga de milho com um longo estigma dourado, quase da cor dos seus cabelos. Delicia-se fazendo penteados nos cabelos das bonecas de milho. No sítio da avó Wasca, ela foi proibida de entrar no milharal. A avó usava os estigmas do milho-verde para fazer chá para o marido que sofria de gota. A neta destruía os estigmas do milho brincando de cabeleireira.

Enquanto distraída alongava os cabelos castanhos de uma espiga, ouve alguém murmurar baixinho: Ei, menina, venha cá. No fundo do terreno, um homem fazia sinal para ela se aproximar. Vestido com uma camisa folgada que um dia fora branca e uma calça jeans larga, surrada e suja, via-se em frente à braguilha algo estranho, pareciam bolas feitas com meias de náilon. O homem manipulava o volume misterioso, e sussurrava para ela se aproximar. À distância, Irina tentava controlar a curiosidade, louca para confirmar se eram bolas de meia que o homem tinha nas mãos. Havia uma tensão no ar. Os pés de milho dançando e os raios de sol que incidiam nas longas folhas do milharal comprometiam a visão da menina. E se ele fosse um tarado? Irina não sabia ao certo o que era um tarado, mas desconfiava que eram seres perigosos e, se estava escondido no milharal, alguma ele tinha aprontado. Ouvia histórias, um tarado desgraçou a vida da sobrinha da dona Emília, e ela nunca mais se casaria. O homem, sussurrante, continuava a chamar por Irina e a manipular aquela coisa entre as mãos. Um tarado atacou uma estudante de enfermagem quando ela saía do estágio no hospital. Irina intuiu que devia voltar para casa. Um tarado perseguiu duas meninas que brincavam no parque. Quem sabe até contar para os irmãos, mas a impossibilidade de ver com precisão e a curiosidade a atiçavam mais e mais. Frisson, medo, culpa, pecado. Dá alguns passos em direção ao desconhecido... Ele faz o mesmo... De súbito, Irina é atravessada pela lembrança de um sermão que ouviu na missa de domingo, aquilo lhe soa como um alerta. Era uma menina curiosa e má, se algo a mantinha ali era a sua ruindade. É tomada de pavor. Queria ser boa. Num rompante vira as costas, corre, corre sem olhar para trás, chega em casa esbaforida. Senta-se no chão junto ao muro, sente uma umidade no meio das pernas, a calcinha molhada. Sem perceber, fizera xixi nas calças.

CAMPANHA DO AGASALHO

Quando a campainha do recreio soou, Irina lançou-se em direção à porta atropelando todo mundo, mas foi barrada pela professora. Aquilo não eram modos de uma mocinha. Ruborizada, baixou a cabeça. Aconselhada a voltar para sua carteira, teria de esperar todos os colegas saírem para finalmente ser liberada. Irina cansou de se perguntar se era uma criança normal, afinal estava sempre com fome. O cheiro da merenda sendo preparada na cantina era uma espécie de alucinógeno, assim que ele invadia suas narinas, ela começava a salivar, não conseguia pensar em mais nada, só em panelões fumegantes exalando aromas apetitosos. Ambicionava ser a primeira da fila da merenda, chegar antes do Reinaldinho, o esfomeado.

A professora finalmente autoriza a saída de Irina. Constrangida, ela dirige-se sem pressa até a cantina. Ao avistar os colegas na fila, pensa em desistir, abrir mão da merenda, temendo o deboche. A professora foi chamar a sua atenção justo no dia de sopa de aveia com legumes. Reinaldinho, raspando o prato, já havia devorado sua porção e voltava para repetir. Irina invejava o colega, além de invariavelmente ser o primeiro da fila, era um cara de pau, sempre pedia mais. Até então o máximo que ela conseguiu foi um oitavo lugar na fila, e nunca teve coragem de pedir uma porção extra, a timidez acovarda. Posicionou-se na fila logo atrás do Reinaldinho, que mesmo já tendo comido uma primeira porção não cedeu o lugar para ela.

O inverno prometia ser rigoroso, aos alunos mais carentes foram oferecidas, como todos os anos, roupas arrecadadas pela campanha do agasalho. Quem fazia a triagem e distribuição das doações era a dona Margarida, que separou para Irina um pulôver creme de gola rolê e um casaco de lã marrom com botões vermelhos em formato de rosa. Após a entrega, dona Margarida fazia as recomendações de praxe: Cuidem bem dos agasalhos doados, no próximo ano, eles podem servir para outras crianças. Irina ficou radiante, o casaco angariado era lindo. Desde o início de junho, quando o frio começou a apertar e vestiu o agasalho pela primeira vez, ela praticamente não o tirou mais do corpo. Dois meses depois, na fila da merenda, continuava com ele. No momento em que arregaçava a manga esquerda do casaco na intenção de usar o braço para limpar o muco espesso e verde, que estava prestes a escorrer pelo nariz, Irina é surpreendida por dona Margarida, que passava em revista às crianças na fila da merenda e lhe oferece um lenço branco, limpíssimo. Ela aceita o lenço, acanhada, limpa o nariz, ergue a cabeça na intenção de devolver o lenço, depara-se com dona Margarida, uma menina educada tem sempre um lenço no bolso do casaco. Ao pronunciar a palavra casaco, aquela mulher vibrante, de seios fartos, decotes generosos, impecavelmente maquiada e de unhas feitas, reconhece a veste doada na campanha do agasalho. Constata que está imunda, com vários botões faltando. Não vejo problema nenhum em ser pobre e receber doações, o problema é ser relaxada e porca, olhe o estado do seu casaco. Quando ele lhe foi doado, além de limpo, tinha todos os botões. Você está dando um péssimo exemplo aos seus colegas.

Irina, petrificada, nem a cabeça consegue baixar, aperta o lenço empapado de ranho, queria desaparecer entre as rachaduras do piso. Sente sua expressão transfigurando-se, do nariz começa a verter uma quantidade infindável de ranho verde e gosmento, os olhos vão ficando vermelhos e inchados, lágrimas acumulam-se até que num leve piscar inundam seu rosto. Paralisada, o olhar fixo em dona Margarida. A cabeça lateja, não ouve nada além de um zumbido distante e o barulho da concha de metal servindo a sopa. Dona Margarida afasta-se em direção à secretaria. Irina finalmente consegue baixar a cabeça. Ouve risinhos abafados, recebe uma porção de sopa e vai sentar-se distante dos colegas.

Discretamente, observa o casaco, ele está imundo. No dia em que se deu conta de que havia perdido alguns botões, intuiu que não iria recuperá-los. Quando o recebeu, notou os botões frouxos. O primeiro pedido que faria quando a mãe voltasse do hospital seria para ela reforçar com linha vermelha cada uma daquelas rosinhas lindas. Mas a linha frouxa cedeu antes da chegada da mãe, que continuava internada. Irina chegou a refazer várias vezes o percurso da escola até em casa, atenta ao caminho, procurando em vão as rosinhas perdidas.

Chega em casa disposta a restaurar o casaco. Enche o tanque de água, passa sabão e tenta esfregá-lo na tábua de lavar. O casaco encharcado passa a pesar toneladas, não consegue movê-lo. Exausta, abandona-o na água com sabão. Derrotada senta-se no chão ao lado do tanque. Bem que a mãe podia chegar do hospital agora, seguramente resolveria tudo, mães sabem lavar qualquer tipo de roupa. Fecha os olhos, concentra-se, imagina a mãe entrando pelo portão, garantindo que dará um jeito, o casaco ficará como novo. Com o dorso da mão, limpa o nariz que escorre sem dar trégua. A mãe não vai chegar.

Volta a manusear a peça encharcada, percebe que os dois botões restantes soltaram tinta. Tira o casaco às pressas do tanque, estende-o no chão. Está repleto de manchas vermelhas. Decide livrar-se dele. Jogar no lixo da casa, periga de algum dos irmãos encontrar. Embola aquele monte de lã disforme, enfia dentro de um saco plástico. Enterrar no quintal? Precisaria fazer um buraco muito fundo. Ouve os irmãos chegando, corre para os fundos da casa, num impulso arremessa o embrulho no quintal da vizinha.

Na manhã do dia seguinte, Irina cumpre a rotina, acorda cedo, veste o uniforme da escola, a japona azul-marinho, herdada da irmã, reassume o posto liberado pelo casaco. Depois do café, ao sair para a escola, dá de cara com dona Cecília, a vizinha dos fundos, com o casaco, ainda úmido, nas mãos: encontrei no meu quintal, desconfio que seja seu.

SILÊNCIO

Irina sozinha em casa. Silêncio. A louça do almoço recém-lavada descansa na pia. Os irmãos na escola, o pai no trabalho, a mãe no hospital. A tarde é dela. Irina caminha descalça no piso frio de cimento da cozinha, migalhas de pão grudam na sola dos seus pés, as moscas a zumbir sobrevoam a mesa coberta com restos de comida. O sol arde lá fora, a cozinha na penumbra, a única fonte de luz é uma pequena janela basculante no alto. O ranger da porta do quarto dos pais rasga o silêncio, que logo se impunha soberano. A cama feita pelo pai caprichoso. Uma colcha madrigal azul-clara desgastada pela lavagem dá aconchego ao ambiente. Além da cama, um guarda-roupa e uma penteadeira preenchem o espaço abafado.

Irina abre uma gaveta da penteadeira. Ela já sabe o que vai encontrar, roupas íntimas da mãe. Gosta do toque, das cores, do cheiro. Veste por cima da camisa branca da escola um sutiã creme rendado, olha-se no espelho da penteadeira. Tenta ajustar ao corpo franzino, mas falta ossatura, carne, gordura, músculo. Devolve o sutiã para a gaveta. Abre outra. Vidros de esmalte, laquê, batom, pó de arroz, rouge, rímel, sombra de olho. Nunca viu a mãe usar nada daquilo. A maioria dos produtos está vencida, esquecida na gaveta, como a vaidade da mãe. Irina não consegue abrir o vidro de esmalte ressecado. O batom com marca de uso está perto do final. Ela se aproxima do espelho e lambuza a boca com o batom vermelho, desliza os lábios um sobre o outro, imitando uma cena que viu na tevê, e a boca magicamente aumenta de tamanho. O pincel de espuma apodrecido se desfaz quando ela passa sobre a cor azul da caixinha com as sombras coloridas. Sopra os fragmentos da espuma, usa o dedo indicador como pincel, cobre as pálpebras com o azul vivo metalizado. Passa mais uma camada em cada um dos olhos, agora sim. Distribui porções generosas de *rouge* nas bochechas, sente vontade de espirrar, e espirra com gosto. Com a esponja, aplica pó de arroz no rosto e volta a espirrar, espalhando partículas do pó por sobre a penteadeira. Admira-se no espelho, devolve a maquiagem para a gaveta. Na sala, sintoniza a Rádio MEC. Irina, tomada pela canção "Greensleeves", começa a se movimentar, imita passos de balé. Lembra do dia em que se entregou à música, ligou na mesma Rádio MEC e rodopiou pela sala, rolou no chão, era só ela e a música, o corpo solto conduzido pela melodia. Não conhecia prazer maior. Já estava exausta, ofegante, empapada de suor, quando percebeu a mãe, a espiar, sentada no batente da porta. Irina interrompeu os movimentos, se fechou em concha. A mãe aplaudiu sorrindo. Que lindo, minha bonequinha, você vai ser bailarina! Irina afastou a mãe, exasperada correu para o quintal. Odiava a mãe e seu sorriso idiota de deboche.

Agora, a tarde é dela. A mãe no hospital, os irmãos na escola, o pai no trabalho. Pode dançar sem temor. Dança, rodopia até a música acabar. Potente, bonita, maquiada, é uma mocinha. Decide fazer uma surpresa, vai buscar Sonja na escola, a irmã finalmente irá notá-la. Irina retoca a maquiagem, um pouco mais de *rouge*, sombra e batom, mais uma camada de pó de arroz, e o espirro final. Calça o conga azul-marinho, ajeita a saia. Vai surpreender Sonja e as amigas, que nunca imaginariam que Irina soubesse se maquiar sozinha. Não é mais uma pirralha, já se vê gargalhando com a irmã e as amigas, será aceita no grupo.

Irina se aproxima do pipoqueiro. Pergunta se falta muito para a aula acabar, mais uns vinte minutos. Consciente de ser observada pelo pipoqueiro, sorri. É um homem magro, cabelos ralos e brancos, os olhos cor de mel brilham em meio a um ninho de rugas. Ele retribui o sorriso com dentes falhos e amarelados, oferece uma porção de pipoca, Irina aceita. Bonita sua maquiagem. Ela agradece o elogio. Aguarda a hora da saída, mãos unidas, cheias de pipoca. O sinal toca. Despede-se do homem, engole a pipoca. Vai surpreender a irmã em frente ao portão. Um menino passa correndo, olha para Irina e simula um susto, duas garotas cruzam com ela, apontam com o dedo, cochicham, riem, mas a maioria dos alunos a ignora. Irina avista Sonja caminhando com uma amiga. Queria ser como a irmã, leitora voraz, humor ácido, notas altas, jogadora de vôlei, popular, sempre cercada de amigas. Irina se adianta, Sonja passa os olhos por ela sem a reconhecer e volta a conversar com a amiga. De súbito, percebe que aquela menina ridícula, lambuzada de batom, sombra azul e *rouge*, é a irmãzinha caçula esquisita. As duas se encaram. Irina escancara um sorriso cúmplice. Sonja faz uma careta, fulmina Irina com o olhar, finge não a conhecer. Irina, imobilizada, a acompanha com o olhar. Uma massa de alunos passa por ela, falando alto, rindo, correndo, chutando bola, empurrando-se. Imobilizada, Irina só ouve o silêncio.

ANNA CABRINSKY

Aos 18 anos, acreditava que o casamento seria a sua salvação. A expectativa de morar em outra cidade enchia-a de esperança. Passou meses costurando o vestido de noiva, chegaram a adiar o casamento porque o vestido não ficava pronto. A neta modista transformou lençóis e toalhas de mesa do enxoval da mãe, linho bom que veio com a avó da Ucrânia, em um original vestido de noiva. Quando a avó poderia imaginar tal destino para suas toalhas e lençóis?

No dia seguinte à cerimônia, os noivos encheram um caminhão com os pertences e presentes do casamento. A mãe deu para a filha a máquina de costura Vigorelli. Pode levar, é sua, afinal só você usa. Os recém-casados foram na cabine com Nazar, o motorista amigo de Nicolau. Anna nunca andara de caminhão, Anna nunca deixara a cidade. O coração aos pulos, dava adeus aos irmãos, ao pai, à mãe, aos porcos, gatos, cachorros, gansos, patos, às galinhas. Despediu-se do jardim que criou com a mãe, seu refúgio, onde passou entocada tantas tardes de domingo, depois de lavar a louça e arrumar a cozinha. Pegava uma pequena faca, cortava galhos secos, arrancava folhas mortas, afofava a terra. Com o polegar e o indicador, limpava folhas infestadas com pulgão e borrifava água de fumo até livrar a planta da praga. Destruía formigueiros, encantava-se com as borboletas, os beija-flores, com o som do jardim, dos sabiás, grilos, das cigarras. Fazia nariz de palhaço com as pétalas das rosas. Será que encontraria outro refúgio como aquele?

Nicolau e Nazar conversavam animados. Anna, à janela do caminhão, vento na cara, observava a vegetação ao longo da estrada, branquinha, coberta pela geada, ficando verde brilhante à medida que os raios de sol derretiam o gelo. Teias de aranha congeladas entre as plantas pareciam delicadas peças de renda que se dissolviam com o calor da manhã. A nova cidade, na divisa entre o Paraná e Santa Catarina, lhe pareceu sombria, triste, frustrou as expectativas. Assim como a casa, uma meia-água de madeira com um pequeno quintal coberto por erva daninha. A recém-casada passou o primeiro mês desencardindo o chão, lavando os vidros e capinando o quintal. Nicolau encontrou a marcenaria cheia de encomendas, saía cedo, voltava tarde. Todos os dias, Anna, diante da Vigorelli instalada no quarto, se prometia voltar a costurar. A casa crua, sem graça, a desafiava. Precisava de uma casa viva, com alma. Sentia falta do jardim. Na vizinhança, a maioria das casas desconsiderava a importância de um quintal bem-cuidado, as galinhas eram criadas soltas, não davam chance para a vegetação desenvolver-se.

Um dia, ao entrar na rua paralela à sua, Anna se iluminou com a visão de um belo jardim e uma pequena casa nos fundos. Era um bálsamo no meio daquela aridez. O verde começava no muro coberto de hera, continuava em um denso gramado adornado por uma imensidão de flores e folhagens. Anna bateu no portão, foi recebida por uma senhora gorda, simpática, de cabelos grisalhos. Trajava um vestido largo de algodão azul-claro e pantufas. Anna contou que havia chegado recentemente, queria fazer um jardim, mas não tinha mudas. Dona Idalina, uma apaixonada por plantas, não só lhe deu uma grande quantidade de mudas, aula sobre plantio, rega, como ainda a convidou a voltar para um chimarrão. Anna permaneceu o resto do dia no quintal, o seu futuro jardim.

Satisfeita, passou algumas semanas costurando, só parava no final da tarde para regar as plantas e preparar o jantar. Fez quatro modelos de vestidos, mostrou para o marido, que os achou diferentes. Na manhã seguinte, logo depois de Nicolau sair para a marcenaria, Anna bateu na casa da dona Idalina. Mostrou suas criações, disse que queria deixar em uma loja para vender. São muito bonitos, mostre na loja do turco, diga que é minha amiga. Anna embrulhou as peças e foi direto para a loja. Fazia planos, deixaria os vestidos em consignação, faria mais alguns, se as vendas fossem boas contrataria uma ajudante, afinal era um trabalho elaborado, ao menos uma semana para cada modelo. O turco não se interessou. Anna insistiu, pediu para ele ao menos escolher um modelo para expor na vitrine, quem sabe alguma cliente se interessa. O homem não cedeu. Já tenho muita mercadoria encalhada.

Anna deixou a loja abatida, que homem grosso. Iria procurar outra loja, mas antes faria uma surpresa para o marido na marcenaria. Ao entrar no pequeno galpão, quem se surpreendeu foi ela ao ver Nicolau conversando com uma mulher loura, de saia justa verde-bandeira, cinto dourado e blusa branca muito decotada, brincos grandes dourados, batom vermelho. Ela pedia pressa na entrega dos móveis, fazia beicinho, segurava o braço de Nicolau, que de costas não viu Anna sair desorientada. Caminhou sem rumo até encontrar uma praça. Sentou-se em um banco de cimento. Próximo dali, crianças brincavam em um pequeno parque infantil. Ao testemunhar a algazarra, Anna teve a repentina certeza de que estava grávida, instantaneamente sente náusea e vomita, limpa a boca com um dos vestidos que mostrou para o turco. A ideia de ser mãe apavora.

Volta para casa, passa o resto do dia deitada, olhando para o teto. De súbito, pega alguns trocados que guarda em uma lata de biscoitos, compra cigarros e fósforos no mercadinho. Acende, dá uma primeira tragada meio desajeitada, a fumaça irrita sua garganta, ela tosse, mas volta a tragar. Ao chegar em casa, já está íntima e dependente da nicotina.

Desde muito pequena, ajudou o pai na plantação de tabaco, o velho fumava cigarro artesanal, feito do fumo de rolo que ele próprio produzia, enrolado na palha do milho. Agora, longe da plantação da família, Anna teve o impulso de fumar. Acabava de encontrar refúgio no cigarro produzido com o tabaco que o pai plantava, colhia e vendia. O marido chegou tarde, Anna não fez o jantar. Oferece broa de centeio e café, pergunta como foi o trabalho. Nicolau diz que está sobrecarregado, o irmão e sócio passa o dia fazendo visitas e orçamentos, e ele, além de fazer os móveis, é obrigado a atender os clientes, atrasando o serviço. Ela silencia sobre a ida à marcenaria, acende um cigarro. O marido acha bonito. A gravidez se confirma. O enxoval e depois a chegada do bebê consomem o tempo. Ela deixa de criar seus vestidos, jamais procura outra loja depois da recusa do turco. Tenta se alegrar com o filho, mas é incapaz, sente-se repetindo uma rotina conhecida, afinal foi uma segunda mãe dos irmãos mais novos. Ao contrário do marido, inebriado pela paternidade, o garoto branquinho de olhos azuis é a cara do pai, Anna, alheia a tudo, age por obrigação, busca em si um afeto que não encontra e se culpa, não sabe e não quer ser mãe.

Antes do menino completar um ano, Anna está grávida novamente. Nicolau chega cada vez mais tarde e reclama do irmão, responsável pela contabilidade. O irmão alegava que os clientes pediam desconto e demoravam a pagar, mas comprou uma lambreta e, vaidoso, estava sempre de sapato e roupa novos.

Anna dá à luz o quinto filho. Quando o caçula completa dois anos, Nicolau decide romper a sociedade com o irmão, perdeu a confiança. Anna, que passou a deixar as crianças com dona Idalina para tomar banho no rio, apoiou a decisão do marido. Não por desconfiar do cunhado, mas de Nicolau, que chegava tarde em casa, sempre reclamando da falta de dinheiro, devia estar gastando com as clientes decotadas. Fumava uma carteira inteira de cigarro secando-se ao sol, deitada sobre as pedras às margens do rio.

Nicolau consegue vaga como operário em uma fábrica de papel na cidade vizinha. Ganhará menos, mas terá direito a uma casa com dois quartos, trabalhará apenas 8 horas por dia, terá mais tempo para a mulher e os filhos. Anna, cada vez mais ausente, passava parte do dia deitada junto ao rio. Em casa, irritada, irrompia em cólera ou chorava por qualquer motivo.

A vila operária era cercada por uma imensa plantação de eucaliptos, as casas de madeira geminadas. Assim que o caminhão descarregou a mudança, Salete, a vizinha de parede e meia, veio se apresentar, uma alemã de bochechas vermelhas muito sorridente. Pega Nico no colo, faz festinha na cabeça de Irina, promete guloseimas para os mais velhos. Sempre quis ter filhos, mas Deus estava demorando a mandar. Dava aula de reforço escolar para as crianças da vila e poderia ajudar os filhos de Anna, sem nada cobrar. Apertou a mão de Nicolau, o abraçou alegre, e depois deu um beijo estalado na bochecha do novo vizinho. Estava contente de ter uma família tão bonita ao seu lado, os últimos moradores eram bugres, sujos e mal-educados.

Anna não gostou nem um pouco do assanhamento da vizinha com o marido e as crianças, muito menos da implicância da mulher com os bugres, para Anna todos eram filhos de Deus. Nas primeiras semanas, ela chegou a esboçar alguma alegria com a casa nova, colocou óleo na máquina, sentiu até vontade de retomar a costura, mas o peso dos afazeres domésticos a impediu. Passava da absoluta apatia para a extrema agressividade. Culpava o marido e a vizinha por seu descontrole, Nicolau não a admirava como mulher, dona de casa, mãe. Salete se fingia de boazinha para lhe roubar o marido e os filhos.

Numa manhã gelada, as crianças brincavam no descampado, Anna fumava o terceiro cigarro na esperança de encontrar forças para encarar uma enorme trouxa de roupa suja. Do outro lado da cerca de madeira, em frente ao tanque de lavar roupa geminado, Salete, em permanente alegria, disse que estava assando uma cuca de banana, ia deixar as roupas de molho e levar uns pedaços da torta para as crianças. Vê o amontoado de roupa que Anna iria encarar, oferece ajuda, afinal era só ela e o marido, não deixava a roupa suja acumular. Você acha que eu não dou conta da minha casa, da minha família? Salete não teve tempo de responder, quando deu por si, Anna estava montada sobre ela. Naquele dia as crianças almoçaram, tomaram banho e jantaram na casa da Salete. Alguns meses depois, Nicolau chegou com a novidade: conseguira um emprego na capital. Anna não se opôs. Queria distância de Salete. Na capital, Anna seria modista.

O CONGA AZUL-MARINHO

Desde muito pequena, Irina acompanhava os pais na missa de domingo, nas procissões, novenas e na Missa do Galo. Depois de quase dois anos morando em uma área nobre da cidade, na casa inacabada do tio Boleslau, a família muda-se para a periferia e passa a manter uma relação intensa com a igreja do bairro.

A nova casa da família era velha. Um dia depois de visitar sua mãe no sanatório, Nicolau mostrou para os filhos a casa que acabara de comprar. Irina vibrou. Não tinha nenhuma graça, era de madeira, velha e acanhada, mas o terreno, enorme, possuía um pequeno pomar e roseiras no jardim. Além de bem-localizada, em rua pavimentada, a casa ficava a poucos metros de uma praça arborizada, com balanços, escorregador, gangorra, caixa de areia e casinha de bonecas. A menina já sonhava com o dia da mudança. Sentiria falta da dona Marta, da Tábata, mas faria novas amizades e nunca mais veria o pai da amiga de muro.

Meses depois, quando a família finalmente mudou-se, Irina sentiu-se enganada, a casa parecia a mesma que o pai mostrara, porém havia sido transportada e reconstruída em outro terreno. A família moraria em um loteamento distante da cidade, em um bairro ainda em formação, onde as ruas não tinham calçamento, e nem mesmo um arremedo de praça para as crianças brincarem. A casa, cercada por terrenos baldios cobertos de mato, pedia uma pintura urgente, pois fora reconstruída sem que ninguém tivesse o cuidado de recolocar as tábuas de acordo com a cor. O resultado, um patchwork de péssimo gosto, com tábuas em várias cores desencontradas, mal pintadas ou com a tinta desbotada. O pai esquecera de contar para os filhos que comprara somente a casa, não o terreno com o pomar e o jardim.

A única atração do novo bairro era a igreja, e em pouco tempo, Nicolau e Anna tornaram-se participantes assíduos do grupo de oração e de tudo o mais que girasse em torno da comunidade religiosa, viraram dois carolas. Padre Elídio, pároco da Igreja Nossa Senhora da Luz dos Pinhais, parecia um Papai Noel sem barba. Gordo, bochechas vermelhas e careca. O sotaque italiano era tão carregado, que os fiéis mal compreendiam o que ele falava, e ele gostava de falar. Seus sermões, arrastados, intermináveis, contaminavam Irina com moralismo e culpa.

Em um Dia das Crianças na escola, que era quase uma extensão da igreja, os poucos alunos, 30, 40 no máximo, todos pobres e esfomeados, aguardavam ansiosos a chegada do padre, que surgiu interrompendo o recreio e falou alto como um apresentador de programa infantil: Feliz Dia das Crianças! Em seguida, arremessou umas 15 balas para o bando. Meninos e meninas jogaram-se na terra ainda umedecida pela geada da manhã e se engalfinharam em busca das balas. Irina levou um pisão na mão e, no instinto de se proteger, deu uma cotovelada no olho da Jacinta, a garota mais temida da escola, que, ágil, empurrou Irina. Cai fora, rata branca. Eu te pego na saída.

Quando o sinal tocou, Irina saiu em disparada com medo que Jacinta cumprisse a promessa. Jacinta, sardenta de cabelos de fogo, era rápida, forte e vingativa. Ela só esperou que Irina se distanciasse da escola e partiu para o ataque. Primeiro pegou a mochila da menina e zuniu para o alto. No percurso até o chão, a mochila se abriu espalhando cartilha, caderno e lápis para todos os lados. A pobre menina assistia à dança aérea do material escolar enquanto corria tentando salvar-se da fúria daquela filha do capeta.

Sem perceber, pisou em uma poça de lama, que engoliu um de seus congas azul-marinho. A pisada na poça a desequilibrou e ela caiu de peito no chão, qual um goleiro engolindo um frango. Jacinta se jogou por cima e um muro de crianças formou-se em volta das duas. O estado de Irina, toda ralada e coberta de lama, talvez já fosse o bastante. O show em frente aos colegas e o estado deplorável da pequena vítima aplacaram a sede de vingança de Jacinta, que limpou as mãos nos quadris e partiu vitoriosa.

Irina chegou em casa mancando, o cabelo parecia um capacete, coberto de lama seca, com apenas um pé de sapato, cadernos, cartilha e mochila sujos de terra. Sua sorte é que nessa época a mãe passava os dias deitada na cama fumando e não a viu chegar. Ela pôde limpar tudo. O fato de estar ralada era fácil de explicar, fora um tombo. Mas e o sumiço de um dos pés de seu único sapato de ir para a escola, seu conga azul-marinho? Ela inventou uma boa desculpa, disse que havia pisado em uma poça de lama e para não levar sujeira para dentro da sala de aula deixou os sapatos junto à entrada, na saída o par de conga havia desaparecido. O pai reagiu com um longo sermão, parecia o padre Elídio. Alguns dias depois, ganhou um par de conga novinho, mas a culpa roubou a alegria do sapato novo.

O VENDEDOR DE LOTERIA

O dia amanheceu bonito, o inverno já estava se despedindo. O pai foi o primeiro a levantar e acordou todo mundo. Como de costume, preparou o café. A época era de vacas magras, o desjejum seria polenta na chapa e café preto. Os irmãos maiores comeram rápido e foram para a escola, a mãe e o Nico dormiam, Irina foi brincar no quintal. Ela gostava de fazer cenários para as suas bonecas. Na saída de água do tanque de lavar roupa formou-se uma poça, que ela transformou em um laguinho, onde colocou pedrinhas e vegetação. Ficou parecido com os lugares bonitos onde os ricos moravam ou passavam as férias, isso tudo ela tinha visto em revistas e na televisão.

Ouviu barulho na cozinha, a mãe acordou, deve estar tomando café com o Nico e depois certamente vai fumar. O médico proibiu, mas a mãe continua fumando, fuma escondido, e pediu para não contar para o pai. Foi procurar pedras maiores no quintal, ia fazer uma escada que levasse as bonecas até a beira do lago. Nico chamou para jogar bola, ela disse não, e ele foi brincar sozinho. Ouviu a mãe chamar, queria que a filha arrumasse a cozinha. Irina ficou irritada, disse para a mãe lavar a louça, que ela secaria, afinal, cuidar da casa é tarefa da mãe e não de uma menina de 7 anos.

De repente, ouve alguém bater no portão, na certa alguma vizinha desocupada querendo ouvir histórias da mãe. Continuou brincando, a mãe que atendesse. Ouviu voz de homem, correu até a lateral da casa a espiar. Era um homem grande com roupa de passear, sapato engraxado. Não resistiu, se aproximou para ver o que o homem queria, tinha um cheiro forte de perfume. Ele passou a mão nos seus cabelos louros e finos, disse que pareciam algodão. Irina gostou do elogio. Ele falava muito, abriu uma pasta preta e mostrou alguns papéis coloridos, queria vender os papéis, a mãe riu, disse que não tinha dinheiro. E um café, você tem? A mãe disse que ia preparar e o moço entrou, sentou-se à mesa da sala, pegou o caderno de Irina e começou a desenhar. Desenhou um barco, mas ele não desenhava direito. Nico entrou todo suado, ofegante e curioso, queria sentar junto da irmã para ver o homem desenhar, ela deu um empurrão nele. Não gruda em mim, você está fedido. Nico caiu, mas levantou-se rápido e foi para cima de Irina. Começaram a correr em volta da mesa, a mãe chamou a atenção, continuaram correndo até o homem oferecer algumas moedas para eles comprarem picolé. Irina foi rápida, pegou as moedas e saiu num raio, Nico, franzino, foi atrás.

A venda ficava a umas três quadras da casa. Irina corria, queria comprar o picolé e voltar bem depressa, algo lhe dizia que ela não devia ter aceito as moedas e saído. A poucos metros da venda, encontraram os irmãos, que voltavam da escola, Irina mostrou as moedas e contou do moço que estava com a mãe. O irmão mais velho virou bicho, e todos aumentaram o passo em direção à casa, o picolé ficaria para depois.

Quando Jardel abriu a porta da sala, a mãe levantou do sofá assustada, abotoando o vestido. Jardel gritava, expulsou o homem, que saiu sem dizer uma palavra. O irmão estava furioso, mordia a língua, seus olhos estavam vermelhos.

Depois, fizeram uma reunião, aquilo ficaria entre eles. Ninguém podia saber. Seria um segredo. Jardel pediu para todo mundo jurar. Irina jurou, se sentiu importante, era a primeira vez que tinha um segredo de verdade para guardar. Mas acabou que um dos irmãos não conseguiu segurar a língua. A história foi se espalhando pela família e pela vizinhança. Um dia, o pai de Irina chamou a atenção do cunhado, que morava nos fundos da casa e era um vagabundo, ele não gostou, ficou danado, começou a chamar o pai da menina de corno. Irina, sempre enfiada entre os adultos, pergunta: Pai, o que é corno? O que é corno, pai?

ANNA BURCO

Um vestido feito de retalhos em vários tons de azul chamou a atenção de Virgíneo. Nossa, que vestido bonito, parece que foi feito para você, combina com os seus olhos azuis. Ele não foi feito para mim, ele foi feito por mim. E os meus olhos são verdes. O rapaz era lindo, os dentes brancos ficavam ainda mais brancos em contraste com a pele escura. Pediu para Anna mostrar a cidade. Anna, ingênua e avoada, nem se deu conta de que o passeio com o novo representante da companhia de tabaco chamou a atenção das beatas que saíam da igreja. Curioso, ele queria entender por que tantas igrejas em uma cidade tão pequena. Anna explicou: a cidade era colonizada por poloneses e ucranianos, a primeira igreja foi a dos polacos, aquela azul do outro lado da praça. Como a missa era rezada em polonês, os ucranianos decidiram construir uma para eles, aquela pequena de pedra, e os polacos acharam que eles também mereciam uma igreja de pedra... e assim a cidade foi se enchendo de igrejas. Em compensação, o único cinema da cidade fechou.

Virgíneo comprou sorvete e foram caminhando até a estação. Anna adorava ver os trens partindo, o seu programa de domingo. Depois da missa, passava na estação e voltava para casa se equilibrando nos trilhos. Ouve o sino da igreja, já está na hora, quer estar em casa antes do pai para ajudar a mãe com o almoço, preparar o molho da maionese e torcer para que o velho Burco não chegue bêbado. Apronta o almoço pensando em Virgíneo, será que ele foi sincero quando disse que gostou do vestido? Combinaram de se encontrar às 3 horas em frente à igrejinha azul. Na mesa, o pai já bêbado, elogia a maionese. Anna se pergunta que vestido usar. Lava a louça correndo, escolhe o florido, um patchwork com uma infinidade de formas e padronagens em tons de rosa, vermelho e branco. No tanque, que serve também como pia, lava o rosto e escova os dentes. O rosto refletido em um pequeno espelho com moldura de madeira tingida de laranja, Anna massageia as bochechas, dá tapinhas para ficar corada, umedece os dedos com saliva, passa nas sobrancelhas e escova os cabelos negros. Está pronta para ir ao encontro de Virgíneo.

Ao se aproximar do portão, o pai grita: Anna, faz um chimarrão! Não pode contrariar o pai quando ele bebe. Resignada, parece que só existe ela na casa, prepara e entrega a cuia de chimarrão nas mãos daquele homem magro, barba por fazer, dentes falhos, olhos fundos, corroído pela bebida. Vou passear. Pois aproveite e passe no armazém do Corrumansky, traga uma garrafa da branquinha pro seu pai, manda o sovina botar na conta. Anna corre, está atrasada. Ao atravessar o jardim, colhe uma camélia branca. O pé de camélia está enorme, coberto de flores. Anna propôs fazer um jardim na frente da casa, o pai foi contra. Ninguém come flor, isso aqui é terra boa para plantar repolho, beterraba, cenoura. Dona Yonna fingiu não ouvir o marido. O sítio era pequeno, mas isso não era motivo para não cultivar flores. Para a alegria de Anna, em pouco tempo mãe e filha criaram um belo jardim. Se não tivesse tantos afazeres, passaria horas entre as flores. Acordava com as galinhas, alimentava a criação, auxiliava a mãe com os mais novos, tirava água do poço e ia para a escola. Na volta, ajudava com o almoço, depois levava a marmita para o pai, passava a tarde com ele trabalhando na roça. Voltava para casa à noitinha, catava a lenha, ajudava com a janta, e finalmente a lição de casa, que Anna frequentemente abandonava no meio, engolida pelo cansaço.

Avistou Virgíneo sentado na escada da igrejinha azul. Pensou em desistir, voltar para casa. O que aquele rapaz da cidade, que falava bem, estudava, lia romances, iria querer com uma moça que nunca leu um livro, nunca foi ao cinema, uma xucra que mal sabia escrever o próprio nome? Fora que o velho Burco nunca deixaria Anna se meter com gente de fora. Você está linda. Esse vestido é ainda mais bonito que o azul. Virgíneo queria saber tudo sobre ela. Anna contou que era a mais velha de dez irmãos, gostava de costurar, mas não lhe sobrava tempo, pois ajudava a mãe, com os irmãos, e o pai, na roça. Estava na época de colher tabaco. Virgíneo disse que iria visitar os agricultores. Quem sabe você me apresenta ao seu pai. Melhor não, meu pai é homem bronco. Ao cair da noite, Virgíneo quis acompanhar Anna até em casa, mas ela não deixou, melhor não serem vistos juntos. Em casa, a mãe já sabia que

Anna havia passado a tarde conversando com um preto que nem era da cidade. Pare com isso, que o teu pai vai te dar uma coça. Ela prometeu não ver mais o rapaz. No dia seguinte, logo depois de Anna chegar com a marmita para o pai, enquanto colhia fumo, Virgíneo apareceu, se apresentou como o novo representante da companhia de tabaco. Ao vê-lo, Anna baixou a cabeça fingindo não o conhecer. O que faz uma flor no meio de uma plantação de fumo cheia de veneno para praga? O pai agradeceu o elogio, mas não gostou do assanhamento do rapaz. Em casa, deu uma surra de cinto em Anna para ela aprender a não se engraçar com estranhos. Ainda mais um preto. Naquela noite Anna não achava posição na cama, as costas feridas latejavam.

Passaram a se ver escondidos, aos domingos depois do almoço, na estufa de secagem do fumo. Faziam planos. No ano seguinte, Virgíneo promovido iria trabalhar na capital, eles se casariam, Anna seria modista. O rapaz confiava que as criações de Anna fariam sucesso na cidade grande. Em um domingo abafado, Anna voltava para casa se equilibrando na linha do trem, imaginando os modelos que criaria, a vida ao lado de Virgíneo. Foi surpreendida pela mãe e um dos irmãos. Ela mal teve tempo de perguntar o que eles estavam fazendo ali, a mãe a golpeou com um cabresto de cavalo. Você prometeu que não ia mais ver o preto estrangeiro. O golpe a derrubou, ela bateu com o rosto em uma pedra, abriu um talho na maçã esquerda do rosto. No jantar, disse para o pai que se desequilibrou enquanto andava sobre a linha do trem.

Naquela semana, Virgíneo foi para a capital, acabou ficando mais tempo do que pretendia. Justamente na semana em que Anna completou 18 anos. E o polaco, solteirão boa-pinta, que morava no sítio vizinho ao de Anna, finalmente tomou coragem. Ele era dez anos mais velho, mas agora Anna era maior de idade, uma mulher. Falou com o velho Burco, pediu Anna em namoro, o velho fez gosto, apesar de ser polaco, era um rapaz sério, tinha profissão, marceneiro. Anna aceitou o pedido.

O PADRE ELÍDIO

Os pais de Irina estavam orgulhosos, tinham se tornado muito próximos do padre Elídio, e o Papai Noel careca e suarento começou a frequentar a casa. Chegou até a almoçar com a família algumas vezes. A presença do padre na casa provocava em Irina sentimentos contraditórios. Ter o padre sentado à mesa era garantia que teriam carne no almoço, coisa raríssima. A mãe chama os filhos num canto e combina com os cinco famintos: É um pedaço de carne para cada um, entenderam? Sim, respondem em coro. Quando o almoço é servido, um dos filhos pergunta: Mãe, quantos pedaços de carne pode pegar? E a pobre mãe, constrangida, fingindo fartura: Quantos pedaços vocês quiserem. E todos avançam sobre a panela. O prazer de Irina em saborear a carne aos poucos vai sendo substituído por um incômodo, à medida que percebe que a mãe e o pai não comeram a carne para deixar uma porção maior para o padre glutão.

Antes do almoço ser servido, o padre sentava-se no quintal em frente à casa para se aquecer ao sol e tomar um chimarrão com o pai, orgulhoso da ilustre visita. Irina devia ter uns 6, 7 anos e sempre gostava de estar entre os adultos. Ela ficava intrigada com o fato de ali com seus pais o padre a tratar como um bebê. Ele gostava que ela se sentasse no seu colo, mas era desajeitado, não sabia segurar direito. Talvez por ser padre e nunca ter tido filhos. Ele punha a menina sobre os seus joelhos e escorregava o dedo indicador para dentro dela. Era incômodo. Rapidamente, ela encontrava um jeito de se desvencilhar do padre. Foi mais ou menos nessa época que o desconforto por ser quem era começou. Irina não gostava do padre, não gostava de ir à missa, nem de ir à escola. Irina gostava de perambular pelo bairro nas suas aulas de solidão.

PROFESSORA WANDA DOBROSKY

Tímida desde sempre, Irina se habituou a sentar na última fila da sala de aula. A professora Wanda Dobrosky, roliça, de cabelos curtos e ralos, tingidos de ruivo, sempre muito seca, nunca levou seu senso de humor para a escola, se é que ela tinha algum. Naquela segunda-feira, a professora chamou Irina para escrever uma frase no quadro-negro. Irina ficou nervosa. Sua letra é feia, ela é canhota, na carteira precisa virar o caderno para escrever, no quadro-negro é ainda mais difícil. Se levanta tensa, roendo o sabugo dos dedos, vai até o quadro, se concentra, pega o giz, que quase se desfaz na sua mão suada, e começa a escrever, "minha escola é muinto bonita". Acaba de escrever, coloca o giz no apoio do quadro, limpa as mãos na saia de tergal azul-marinho, quando está se dirigindo para a sua carteira, dona Wanda interrompe, volte e corrija. Irina volta, relê a frase, "minha escola é muinto bonita". O coração dispara, as mãos encharcadas, tenta inutilmente secá-las na saia, apaga o que tinha escrito e escreve, "minha escola é muinto bonita". Agora, caprichando na letra. Dona Wanda irritada, eu pedi para você corrigir o que você escreveu, apague e escreva certo. Irina, trêmula, engole a saliva e tenta ao máximo segurar o choro. Relê a frase mentalmente, "minha escola é muinto bonita".

O que pode estar errado? Empaca em frente ao quadro, lendo e relendo a frase. O que poderia escrever no lugar se está tudo correto? Fica estática, de costas para a turma e para a dona Wanda, lendo e relendo a frase. A voz da professora começa a se alterar: Vamos, apague e conserte o erro. Pense. Tem uma palavra escrita errada, qual é essa palavra? Mas Irina não sabe. Seria minha? m-i-n-h-a, não. Escola? e-s-c-o-l-a, também não. Muinto, m-u-i-n-t-o, não também. Bonita, b-o-n--i-t-a, muito menos. E ela ali, paralisada, olhando para o quadro. E então, miss Brasil? Vai corrigir ou não vai? Dona Wanda sobe o tom da voz, até que começa a gritar, agarra a menina pelos cabelos e tenta apagar o quadro com a sua testa. Depois, solta com violência a cabeça de Irina, que bate contra o quadro-negro. Manda ela se sentar. Irina volta para a sua carteira, mordendo os lábios para não chorar, mas lágrimas brotam dos seus olhos como uma mina d'água. Baixa o rosto, humilhada, e senta. O tampo da carteira muda de cor à medida que é umedecido pelas lágrimas. Dona Wanda dá uma bronca na turma toda, depois pergunta se alguém sabe corrigir o que Irina tinha escrito. A Sirlei levanta o braço, como sempre, diz que sabe e vai lá na frente. Irina nem se interessa. Passa o resto da aula com a cabeça enterrada na carteira, fazendo desenhos com o que cai dos seus olhos e nariz.

No caminho para casa, a Cleonice vai com Irina, diz que ela tinha que contar para a mãe, a professora não podia fazer aquilo. A mãe estava de novo na fase de recém-chegada da internação, os eletrochoques deixavam ela calminha, até nhoque ela fez pra gente um dia. Pois quando a mãe soube da história, destemperada, garantiu, aquilo não ia ficar assim.

No dia seguinte, elas foram juntas para a escola, Irina e a mãe de mãos dadas, pisando firme. Chegaram antes da aula começar, a mãe pediu para falar com a dona Wanda, e a filha ficou bem quietinha, sentada na soleira da porta, ouvindo a voz tranquila e segura da mãe, que falou tão bonito. Dona Wanda, sempre altiva, baixou a cabeça e se desculpou. Naquele dia, uma nova mãe revelou-se para Irina.

BICICLETA

O médico entrou na sala, radiografia na mão: ocorreu uma fissura no terço proximal do antebraço, será necessário imobilizar. Atenta a cada etapa, Irina observa o gesso sendo moldado em torno do braço com o entusiasmo de uma noiva se aprontando. Deixa o pronto-socorro esfuziante, sentindo-se premiada, o gesso é o troféu. Meses antes invejou Sirlei, que chegava na escola exibindo uma proteção idêntica à que ela acabava de conquistar. A turma inteira autografou e fez desenhos no gesso branquinho da colega, inclusive Irina, feliz detentora de um estojo de canetinhas sylvapen, desenhou flores e escreveu cada letra do seu nome com uma cor diferente. Agora era a vez de Irina, seria o centro das atenções, a classe inteira assinaria e faria desenhos no gesso que imobilizava seu braço esquerdo. Ao ser questionada como se machucou, faria suspense, antes de responder orgulhosa: Andando de bicicleta.

Irina sabia andar de bicicleta. Aprendeu sozinha na bicicleta de ferro do pai. Foram algumas semanas de muito treino, disciplina e perseverança. Ficou obcecada. Chegava da escola, almoçava em tempo recorde, lavava a louça com desleixo no afã de pegar a bicicleta do pai e continuar o treinamento. Por ser muito pequena e não ter altura para sentar no selim, o acesso ao pedal direito era feito passando a perna por baixo do quadro da bicicleta. A posição dificultava a distribuição do peso e o equilíbrio, mas a menina era tenaz. Sofreu várias quedas durante o aprendizado. Quando já dominava a magrela, em uma queda boba, fraturou o braço. A vilã do acidente, a bicicleta do pai, muito grande e pesada.

A alegria com o braço engessado durou pouco. Passada a novidade, as coceiras frequentes, o gesso encardido, o transtorno para protegê-lo na hora do banho e a impossibilidade de andar de bicicleta fizeram com que Irina começasse a amaldiçoar aquele trambolho. Secretamente temia desaprender a andar de bicicleta. A única vantagem era ser dispensada de fazer o ditado nas aulas de português, afinal era canhota.

Influenciada por anúncios da televisão, Irina sonhava com uma bicicleta Caloi. A propaganda da tevê mostrava em desenho animado um menino ensinando às crianças a fórmula infalível de se conseguir uma Caloi de presente de Natal. Segundo o personagem da animação, bastaria espalhar em pontos estratégicos da casa um bilhete com a frase: Não esqueça da minha Caloi! E pronto, o presente de Natal estaria garantido. Irina sabia que o anúncio não era para ela, uma filha da classe operária. Ela raramente ganhava roupas novas, usualmente herdava da irmã, das vizinhas ou de campanhas beneficentes. Desistira da Susi acalentada por anos, acabou se contentando com a boneca careca que angariara na campanha solidária do Dia das Crianças, e agora já se achava uma mocinha, não devia mais brincar de boneca. Uma bicicleta de presente de Natal? Melhor esquecer. A mãe prometeu juntar dinheiro. Irina secretamente alimentava alguma esperança, mas não era prudente se fiar nas promessas da mãe.

Aquele Natal foi emocionante, a começar pelo tio que, depois de uns tragos a mais, resolveu se fantasiar de Papai Noel e surpreender os sobrinhos. Ao ouvir os Ho, Ho, Ho!, Irina e Nico correm alvoroçados. Em frente ao portão mal iluminado se deparam com um homem esmolambado, chapéu de feltro marrom deformado, barba de sisal desgrenhada, moletom vermelho desbotado e sujo. Voltam para dentro da casa aos gritos. O tio é obrigado a tirar aquele arremedo de fantasia e acalmar as crianças. A mãe decide antecipar a entrega dos presentes. Nico volta a acreditar em Papai Noel assim que abre o seu, uma bola de futebol. Irina se enche de esperança, aquele era um presente caro. A mãe dá dica: Papai Noel deixou seu presente no quarto. A minha bicicleta. A mãe deixou no quarto para não chamar a atenção, afinal, como embrulhar uma bicicleta? Irina detêm-se em frente à porta do quarto, a mãe ao seu lado. Por um segundo duvida, mas a mãe, radiante, é a garantia de que não está delirando. Uma bicicleta vermelha. Será? As batidas do coração atropelam seus pensamentos. Pode ser cor de laranja também, laranja é quase vermelho, mas do jeito que ela é azarada, só falta a bicicleta ser azul-marinho. A mãe não compraria uma bicicleta azul-marinho, a mãe sabe que é cor de menino. Melhor ter uma bicicleta de menino do que não ter nenhuma. Se for azul-marinho, o pai, que é tão habilidoso, pode mudar a cor, pintar de vermelho. A mãe pergunta se ela não vai abrir a porta, não está curiosa? Irina vai ao encontro da maçaneta, com a expectativa de um artilheiro prestes a bater o pênalti. Abre a porta de supetão, em cima da cama uma pequena caixa retangular, embrulhada em papel estampado com motivos natalinos. Qual uma bola inflável atingida por um dardo certeiro, Irina murcha. Não vai abrir? Ela senta-se na cama, rasga o papel, que revela a outrora sonhada boneca Susi. Loura, olhos azuis, vestido de festa. Irina se joga nos braços da mãe, a abraça forte, os olhos vazando.

CICATRIZES

Enquanto irmãos e amigos vizinhos brincavam de tiro ao alvo com seus estilingues, quebrando garrafas em cima do muro, Irina acabava de descobrir, num canto do quintal, embaixo de madeiras apodrecidas, um ninho de ratinhos brancos. Pegou um deles com cuidado, era muito pequeno, os olhinhos fechados, as unhas rosadas e finas faziam cosquinha na palma de sua mão, o rabinho pelado parecia uma minhoca. Ia procurar uma caixa de papelão para guardá-los, quando ouviu uma voz vindo da frente da casa. Num rompante de excitação, devolveu o ratinho para o ninho e correu em direção ao portão de entrada. É a voz da mãe, ela teve alta. Será que vai me deixar ficar com os ratinhos? Na corrida, descalça, sente uma fisgada no arco do pé esquerdo. Chega ao portão ofegante, não tem ninguém. Confusa, vê a rua deserta. Como assim? Ouvi a voz da mãe, tenho certeza. Desolada, senta-se no chão e percebe o pé machucado, sangrando, com um corte profundo. Caco de garrafa, claro. Entra na casa pulando num pé só, pega uma camiseta velha para estancar o sangue e, mancando, vai buscar os ratinhos. Eles não estavam mais lá, na certa os meninos levaram.

À noite, mostra para o pai o ferimento, vai com ele à farmácia, fazem um curativo, vê estrelas quando passam o mertiolate, o pé fica cor de laranja, e é finalmente protegido com gaze e esparadrapo. No meio da noite, volta a ouvir a voz da mãe, vira-se na cama procurando o sono, o pé lateja, a voz insiste, não consegue dormir. A irmã, deitada na cama ao lado, levanta-se, ela vai atrás. Na sala, descalça, de camisolão cinza, suada e descabelada, a mãe discutia com o pai. Irina corre para os braços da mãe. O pai vai logo avisando, amanhã bem cedinho ela volta pro hospital. Pulou o muro feito ladrão. Para voltar pra casa tem que ter autorização do médico. Irina começa a chorar, queria que a mãe ficasse, mostra o pé machucado, a mãe faz carinho, mas não teve jeito, no dia seguinte bem cedinho, ao acordar, a mãe já tinha ido embora. No pé esquerdo, ficou a cicatriz do dia em que a mãe fugiu do hospital.

Essa rotina nunca mudou, de tempos em tempos a mãe era internada.

Agora Irina já estava crescida, ia sozinha visitar a mãe, precisava pegar dois ônibus para chegar ao sanatório, se orgulhava de nunca ter errado o caminho. Nesse dia, foi preparada, tinha na mochila dois maços de cigarros Continental, a mãe estava proibida de fumar. Irina levava os cigarros escondidos, a mãe dizia, fumar é minha única alegria. Chega um pouco antes do horário de visitas, teria que esperar. As instalações do Hospital Psiquiátrico Nossa Senhora da Luz eram superlativas, a parte onde as visitas ficavam parecia um parque, com bancos nas sombras das árvores, roseirais floridos, grama bem cuidada. A ala dos internos lembrava um presídio, janelas altas com grades de ferro, mesas e bancos de cimento. O rapaz da portaria libera a entrada, a enfermeira reconhece Irina e vai buscar a mãe. Irina senta-se no banco de cimento áspero e úmido, observa os visitantes que aguardam os parentes internos, todos adultos com o rosto vincado, olhar perdido, cabisbaixos. Irina levanta-se, estica o corpo, respira fundo, lembra-se dos cigarros, a mãe vai ficar feliz. Avista a mãe no fundo do pavilhão, que vem devagar arrastando os pés, o corpo curvado, acompanhada pela enfermeira. A filha vai ao encontro da mãe. Hoje ela está tranquila, vocês podem conversar no jardim. Irina sente um alívio. Que bom, mãe, vamos poder ficar no jardim, as roseiras estão floridas, tem rosas de todas as cores. Nesse momento, a mãe ergue a cabeça, olha nos olhos de Irina e sorri, um sorriso triste, os dentes falsos, a mãe usa dentadura. Irina busca a mão da mãe, segura firme, e as duas seguem lentas, caladas, em direção ao jardim do hospital. Escolhem um banco afastado dos outros visitantes. Ao sentar, Irina percebe os calcanhares da mãe feridos, tingidos de mertiolate. Mãe, o que aconteceu com os seus pés? Bati, bati, bati muito, feito você quando era criança, me deitei no chão e bati com os pés até tirar sangue. Depois eles me trancaram no cubículo por dois dias, mas a enfermeira-chefe disse que eu só ia sossegar com o eletrochoque. A mãe falava enrolado, a voz amortecida. Mãe, eu trouxe o cigarro que a senhora pediu. Minha bonequinha, só você para me dar essa alegria. Me dá, vou esconder na calcinha. Mãe, você está feliz? Então canta, mãe, canta a música da avenca.

Oh! tristeza me desculpe, estou de malas prontas,
Hoje a poesia, veio ao meu encontro,
Já raiou o dia, vamos viajar,
Vamos indo de carona, na garupa leve,
o vento macio que vem caminhando,
Desde muito longe, lá do fim do mar...
Vamos visitar a estrela da manhã raiada,
Que pensei perdida, pela madrugada,
Mas que vai escondida, querendo brincar,
senta nessa nuvem clara, minha poesia anda
[se prepara,
traz uma cantiga, vamos espalhando música no ar...
Olha quantas aves brancas, minha poesia,
Dançam nossa valsa, pelo céu que o dia
Fez todo bordado de raios de sol,
Oh! poesia me ajude, vou colher avencas,
Lírios, rosas dálias pelos campos verdes,
que você batiza de jardins do céu...
Mas pode ficar tranquila, minha poesia,
Pois nós voltaremos numa estrela guia,
num clarão de lua quando serenar...
Ou talvez até quem sabe, nós só voltaremos no
[cavalo baio,
No alazão da noite, cujo nome é raio,
Raio de luar.

VINIL

Irina já havia vendido um casco de garrafa que achara no quintal, mas não era o suficiente, fuça nas gavetas, nada, acaba encontrando algumas moedas no bolso da calça do pai, na pilha da roupa suja. Junta os tostões e corre até a venda do seu Angelim. Retorna, satisfeita, com uma lata de leite condensado. Usa prego e martelo, faz dois furinhos na lata. Invade o quarto dos irmãos. Uma beliche e uma cama de solteiro, entre elas, junto à parede, abaixo da janela, um pequeno baú de madeira acomoda uma vitrola portátil. Senta-se no chão junto à vitrola. Localiza o álbum. Zelosa, tira o LP da capa e do plástico transparente, encaixa o vinil na vitrola e delicadamente coloca a agulha sobre a primeira faixa do lado A. Apanha o travesseiro da cama do irmão, apoia a cabeça, deita-se com o ouvido colado à tampa da vitrola que funciona como caixa acústica. Escancara a boca, língua para fora, estica o braço para o alto e vira a lata de leite condensado, o doce escorre, elástico, em direção à boca de Irina. É preciso mestria para não se lambuzar. Delicia-se sorvendo o doce e ouvindo "O que será?", de Chico Buarque.

A chegada da vitrola foi um acontecimento, um divisor de águas. Jardel, o primogênito, comprou a Sonata cor de laranja à prestação com o seu primeiro salário como ajudante do pai, que se tornara um habilidoso serralheiro da construção civil. Na noite em que o aparelho chegou, ouviram compactos do Rod Stewart, Elton John e Carpenters. Irina, que já ouvira todas aquelas músicas no rádio e não fazia ideia de onde surgiram aquelas bolachas pretas, ficou esfuziante com a novidade. Poder escolher e ouvir uma música na hora que bem entendesse. Não existia no mundo invenção melhor do que aquela. A menina não imaginava o que estava por vir. Em um entardecer de dezembro, Jardel surge com o LP *Meus caros amigos*, do Chico Buarque. Um frisson tomou conta da casa, a pequena sala parecia um formigueiro recém-destruído, tamanha agitação. Em seguida, qual um rito ancestral, os cinco irmãos sentam-se em volta da vitrola como uma tribo ao redor do fogo. Tão logo Jardel retira o vinil do encarte, Irina apodera-se da capa, quer ver a foto de perto, como ele é bonito. O bigode lembrava o Rivelino, mas o Chico Buarque é mais bonito, além de ser artista, cantor e compositor.

A primeira música começou a tocar, Irina precisou fechar os olhos, capturada por um encantamento inédito, sentia o corpo inteiro estimulado, à flor da pele. Segurava a capa do disco junto ao peito, enamorada, ouvindo "O que será?". Tinha 12 anos e acabava de se apaixonar. Os irmãos queriam acompanhar as músicas lendo as letras, transcritas no encarte do LP. Quase teve briga, mas Jardel, dono da vitrola e do disco, impôs ordem. Eram dez músicas, cada um leria duas. Foram várias rodadas ouvindo o disco, até o pai interromper a audição, hora de ir para a cama. Irina foi deitar-se em estado de contemplação, com "A noiva da cidade" e "O que será?" ecoando na cabeça. Rolou na cama buscando entender o que acontecera, encontrou a explicação na quarta faixa do lado A: "Você vai me seguir", havia sido enfeitiçada pelo disco do Chico Buarque. Agora ela tinha a música, nunca mais estaria sozinha.

E a música entrou na sua vida. Aquilo não tinha fim, mal absorvia um álbum, um dos irmãos aparecia com outro. Wlamir passou a trazer novidades, cantores e grupos que Irina nunca ouvira no rádio: Premeditando o Breque, O Terço, Arrigo Barnabé, Tom Zé. Foi na companhia de Wlamir que assistiu ao primeiro show de sua vida. Ao ser convidada, sentiu-se premiada, era fã do irmão, bonito, inteligente, de longos cabelos louros e lisos, lembrava o Rick Wakeman. Ela caprichou no figurino, escolheu uma camiseta pintada por ela mesma e a saia longa, indiana, que herdara da irmã. Wlamir, alguns anos mais velho, apresentou-a às amigas dele, divertidas e descoladas, a maioria usava calça Levi's, bata indiana e sandália de couro. O show acontecia no Palácio de Cristal do Círculo Militar, que estava lotado. Mal Rita Lee pisou no palco, Irina já estava completamente conectada à música, sua timidez sacudida. Ela, solta, dançava "Esse tal de Roque Enrow". O show foi uma espécie de ritual de iniciação. Irina sempre prestou muita atenção no que os irmãos ouviam e foi formando o seu gosto, Mutantes, Rita Lee, Secos e Molhados, Caetano, Gal, Gil, Bethânia, Belchior e Raul Seixas estavam sempre presentes, do Led Zeppelin eram sempre as mesmas: "Rock and Roll", "Stairway to Heaven",

"Going to California" e "Bron-Yr-Aur". *Journey to the Centre of the Earth*, de Rick Wakeman, foi um acontecimento, deitava-se no chão, fechava os olhos, a respiração entrava em sintonia com a melodia, uma alegria tomava conta, a música ocupava todos os centros nervosos. "Time", do Pink Floyd, provocou efeito parecido, lentamente conduzida para outra realidade, de olhos fechados, deixava-se invadir. Não entendia a letra, mas os olhos faiscantes e umedecidos eram a prova do poder da música. "Us and Them" reverberou em sua cabeça por muito tempo. Ao ouvir a música, deitada solitária no quarto dos irmãos, sentia-se potente. Um dia foi surpreendida por um videoclipe da Kate Bush na tevê. Kate cantava "Wuthering Heights" fazendo mímica, caras e bocas, vestida em um camisolão branco, girava o corpo, lançava as pernas para o ar, dava estrelas. Irina ficou siderada, queria ver e rever o videoclipe, montou vigília em frente à tevê. Para sua sorte, no dia seguinte naquele mesmo horário, Kate Bush surgia na pequena telinha da televisão a válvula. Queria ser Kate Bush, imitava-a na frente do espelho. Graças à cantora, depois de se estatelar muito no gramado na frente da casa, ela aprendeu a dar estrelas no ar.

A música apontava caminhos nunca imaginados, espírito livre, novas possibilidades de vida. Um dia o Wlamir surgiu com o LP *Hunky Dory*, do David Bowie. Era um homem ou uma mulher? David era nome de homem, mas a foto na capa parecia de uma mulher, uma linda mulher. Ouviram juntos como de costume, Irina ficou encantada, mas uma música em especial provocou arrepios, “Life on Mars?”. Ansiava ouvi-la sozinha, criar intimidade, ser possuída por ela. Na primeira chance solitária em casa, trancou-se no quarto dos irmãos e entregou-se a “Life on Mars?”. Ouviu a tarde inteira, repetidamente, a música como uma espécie de vitamina lhe dava superpoderes e a projetava para um futuro largo, cheio de descobertas. David Bowie, sua nova paixão, mas Chico Buarque nunca perdeu seu lugar, amado por toda a família. A cada novo disco do Chico, o mesmo ritual, os cinco irmãos sentavam-se em volta da vitrola para ouvir juntos as composições enquanto liam o encarte do vinil. O mesmo acontecia com os discos dos quatro baianos, Maria Bethânia, Caetano, Gal e Gil. O álbum *Álibi*, de Maria Bethânia, funcionou como uma semente que germinaria no dia em que Irina fosse ao teatro pela primeira vez. *Cinema transcendental*, de Caetano, e *Realce*, de Gilberto Gil, foram dois álbuns que ela ouvia à exaustão e entrariam para a trilha sonora da sua vida.

Irina não era uma aluna de notas altas, ao contrário da irmã e dos irmãos, nunca tirou um dez. Não era boa nos esportes e nunca foi popular. Se pudesse escolher, não iria à escola, sentia-se deslocada. Mas começava a se interessar pelas aulas de inglês. A professora, uma mulher alta, magra, de cabelos castanhos longos e lisos, usava roupas coloridas, vestidos indianos e colares extravagantes. Dirigia um fusca verde-limão e estava sempre alegre e saltitante. Suas aulas eram singulares, a vitrola verde, enfeitada com decalques floridos, substituía o quadro-negro, e a turma aprendia inglês ouvindo música. A primeira do semestre foi "Hello, Goodbye", dos Beatles. A segunda, "We Are the Champions", do Queen. Pena ter apenas uma aula de inglês por semana. Educação física, Irina esforçou-se para gostar, mas levava tanto empurrão da Jacinta nos jogos de basquete e handebol, estava sempre buscando desculpas para não participar das aulas. A professora, loura de cabelos ralos e finos presos a um rabo de cavalo alto, voz esganiçada, fingia não ver. Irina tinha certeza que ela percebia, mas preferia ignorar por Jacinta ser a melhor jogadora da turma. As aulas aconteciam na quadra. Nos dias de chuva, a turma ficava na sala de aula e a professora sempre propunha algum jogo. O mais popular era o Qual é a música? A turma era dividida em dois grupos, um deles propunha uma palavra e o outro teria que descobrir e cantar alguma música que tivesse na letra a palavra escolhida. E foi aí que Irina se revelou. Na primeira vez, insegura, ela sugeriu a palavra desvalidos para o seu grupo. Como ninguém conhecia música alguma com aquela palavra, todos aceitaram a sugestão, e o grupo ganhou seu primeiro ponto. Desvalidos aparecia na letra de "O que será?", do Chico Buarque. Confiante, sugeriu fustigadas, mais um ponto, a seguir, remoçando, outro ponto. Determinada, Irina continuou sugerindo palavras, todas do disco "Meus caros amigos", e o seu grupo venceu a competição e ela foi elogiada pela professora por seu bom gosto musical. Jacinta, no grupo perdedor, não se conformava, como Irina sabia aquelas músicas?

Outra terça-feira chuvosa, Irina fica desconfiada ao ouvir Jacinta propondo o jogo do Qual é a música. Novamente ficaram em grupos opostos. O time da Jacinta foi o sorteado para começar. Jacinta pediu uma música com a palavra cobertor e Irina cantou um verso de "Samba e amor", do Chico, um ponto para o seu grupo, que resolveu atacar só com Caetano Veloso. Jacinta estudara em casa, apresentou várias palavras na certeza de vencer, mas Irina, gosto eclético e memória invejável, sabia músicas com todas as palavras sugeridas pela adversária. O time de Irina ganhou de lavada.

Em uma terça-feira ensolarada, a grande surpresa, Jacinta convida Irina para o seu time de basquete, mas ela inventa uma desculpa para não jogar. Na hora do recreio, Jacinta oferece metade de seu sanduíche. Irina, constrangida, aceita. Entre uma mordida e outra do pão com mortadela e queijo prato, Irina cantarola baixinho um trecho de "Jorge Maravilha", do Chico:

E nada como um dia após o outro dia
Pro meu coração
E não vale a pena ficar, apenas ficar
Chorando, resmungando até quando, não, não, não

ANNA

Observa o pessoal da cozinha recolher a louça do jantar. Se oferece para jogar o lixo. Gurgel, o guarda--noturno, sempre assobiando, abre o portão. Anna avisa que irá até a outra rua deixar o lixo, pois da última vez o caminhão não levou. Dobra a esquina, larga os sacos, corre exasperada sem olhar para trás, atravessa a rua e entra em uma viela mal-iluminada. Senta-se no chão ofegante, apoia as costas no muro. Do outro lado da rua, um rapaz baixa a porta de aço de uma oficina. Anna pede cigarro, ele pega um na carteira de Vila Rica amassada no bolso traseiro da calça jeans suja de graxa, acende no cigarro que está na sua mão, dá para Anna. Ela agradece, pergunta se está muito longe do posto do Detran. Pois vou te dizer, minha senhora, daqui até lá é bem longinho, uns quarenta minutos caminhando. Pode seguir por aquela avenida, mas eu aconselho a senhora a pegar um ônibus, tem um ponto mais lá na frente.

Anna segue pela avenida que o rapaz indicou. Atravessa as pistas até a calçada central que divide a avenida em duas mãos. Está descalça, o passeio malconservado, irregular, ora pavimentado, ora não, machuca seus pés. O tráfego começa a ficar pesado, final do expediente nas fábricas. É uma zona semi-industrial. O comércio, lojas de peças automotivas, oficinas e concessionárias, está fechando as portas. Anna anda devagar, fecha os olhos. Quanto tempo resisto caminhando de olhos fechados? Tropeça em uma rachadura na calçada, rala os joelhos e as palmas das mãos, levanta-se com dificuldade, limpa as mãos na roupa. Depois de muito caminhar, Anna avista o prédio do Detran, dali até em casa são mais uns 10 km. Ela senta-se em um degrau da escada de acesso ao prédio público, iluminado e deserto. Pés feridos, cheios de pedrinhas incrustadas na sola, com as unhas das mãos ela retira as pedrinhas mais persistentes. Vai até a lateral do prédio, se agacha, urina, acidentalmente molha o camisolão cinza. Levanta-se, ajeita-se, caminha. Na última vez que fugiu, Nicolau não quis conversa, levou-a na manhã seguinte para o sanatório. Por que voltar para casa se quando está em casa seu desejo é fugir?

AMIGAS POR UMA TARDE

Era a segunda vez que ela saía de casa sozinha para um passeio no centro da cidade. Sua maior preocupação era não se perder. Teria que observar atentamente os nomes das ruas, para depois do passeio chegar na rodoviária no máximo às cinco horas, havia prometido em casa voltar no ônibus das 5:15. Se vestiu com cuidado, nunca teve dinheiro, mas bom gosto não lhe faltava, fazia milagres com as roupas que herdava da irmã e das vizinhas. Desceu do ônibus na rodoviária com os olhos esbugalhados, queria sair logo dali, aproveitar o tempo, fazer um caminho diferente, sentar numa praça, olhar vitrines, visitar um museu. Da região ao redor da rodoviária ela não gostava, mas sabia que a algumas quadras dali a cidade era bonita, com lojas de roupas, flores, perfumes, chocolates... existia uma praça com lago e tudo. Levou farelo de pão na bolsa, ia dar para os patos.

Saiu rápido daquele alvoroço, da fuligem, do barulho dos ônibus. Depois de uma boa caminhada, deparou-se com uma galeria de arte, nunca tinha visto uma, observou de fora, mas ficou com vergonha de entrar. Logo adiante, um cinema, o filme em cartaz, *Hair*, que nome estranho, seria uma palavra em inglês? Nunca tinha ido ao cinema, foi ver o preço, era caro. Mais à frente, uma confeitaria muito chique, a vitrine decorada de bolos e doces lindos e apetitosos, mulheres bem-vestidas tomavam chá e homens de terno, café no balcão.

Prossegue, muitos arranha-céus no caminho, mas ela preferia os prédios mais baixos, os da década de 1930 e 1940. Finalmente encontrou a praça. Era uma bela tarde de maio, o sol era gentil. Sentou-se próximo ao lago, pegou o saquinho com as migalhas e jogou para os patos, que, eufóricos, grasnavam. Isso atraiu mais patos, em poucos segundos as migalhas tinham acabado. Avistou o pipoqueiro, mas não iria comprar pipoca, estava economizando, queria muito comprar uma calça Levi's e ainda não tinha nem 10% do valor. Estava fazendo as contas de quanto faltava, quando de longe viu uma mocinha vindo em sua direção, devia ter a sua idade, ou 15 anos no máximo, mascava chicletes, fumava e, olhe só, vestia uma calça Levi's cinza bem do jeito que Irina sonhava. A garota parou na sua frente, estava maquiada, tinha uma bolsa de couro cruzada no peito, um cheiro bom de perfume. Posso te pedir um favor? Irina fez que sim, limpando as mãos sujas de migalhas na roupa. Você é jeitosa? Eu queria que você queimasse essa linha solta aqui na lateral da minha calça com o meu cigarro, tentei puxar, mas tenho medo que a calça descosture inteira, e isso está me enlouquecendo! Irina pegou o cigarro, realmente era necessário ser jeitosa para queimar a linha, se passasse um pouco do ponto seria efeito dominó, a calça atochada do jeito que estava iria se abrir inteira. Ou encolheu, ou ela comprou uns dois números menores. Irina queimou a linha no ponto certo, devolveu o cigarro. Garota, você não tem ideia do bem que me fez, essa linha estava me enlouquecendo. Já lanchou? Pois então, você é minha convidada, vou te mostrar a lanchonete mais transada da cidade, te pago um milk-shake e um hambúrguer e te apresento meus amigos. Ela falava o tempo todo, que era superenturmada, que o namorado dela tinha uma moto, que todo domingo eles iam ao clube perto da casa dela. Você tem que ir lá, eu te empresto os meus patins, é massa, você vai se amarrar. Chegaram à lanchonete, a música nas alturas. Ela apresentou Irina como sendo uma grande amiga, mas todos a ignoraram. Depois, saiu para conversar em outra mesa, Irina ficou sozinha, observando, todos vestiam calça Levi's, usavam óculos escuros e fumavam. Chegou o lanche, Irina devorou. Sua nova amiga voltou mais apagada, murcha, uma planta sem rega, desidratada. Sentou-se ao lado de Irina, pediu Coca-Cola, não queria comer, disse que estava de dieta, e continuou a falar, mas não olhava para Irina, os olhos fixos na outra mesa. De repente, Irina se lembrou das horas, tinha que estar na rodoviária às 5 horas. Que horas são? 4:43. Caramba, eu tenho que ir embora, senão vou me atrasar. Puxa, que pena, então nos vemos domingo na Roller, você sabe onde é? Fica tranquila, eu pago a sua entrada.

Irina correu muito para chegar a tempo na rodoviária. Passou o resto da semana criando coragem para ir à Roller, tentando inventar uma roupa. No domingo, já tinha decidido o figurino, estava confiante, mas o que ela queria mesmo era uma calça Levi's. Chega na

Roller um pouco antes do horário combinado, por uma janela lateral vê um bando de garotos e garotas bem-nascidos rindo, correndo e dançando sobre patins. Sua nova amiga, deslocada, solitária em uma mesa afastada, olha o relógio. Irina se enche de coragem e dirige-se para a entrada do clube, onde avista o seu tio, com o farto bigode à moda Rivelino, que ela sempre achou sexy, sentado num banco. Ele é o porteiro. Interrompe os passos, não queria que ele a visse. Uma garota de calça Levi's passa por ela, olhando-a de cima a baixo, sua confiança evapora. Vira as costas, sai caminhando. Covarde. Segue em direção à praça. Só, em frente ao lago, tira da bolsa um saco de migalhas de pão e começa a alimentar os patos, que a acolhem felizes.

LIBIDO

Acabava de ser admitida no primeiro emprego. Carteira profissional assinada: recepcionista/telefonista. Na entrevista de admissão, seu Orlando, chefe do departamento pessoal, baixinho, barrigudo, calvo e de bigode grisalho, perguntou se ela tinha alguma experiência. Respondeu baixinho que não, seria o seu primeiro emprego. Quanto pretende ganhar? O salário mínimo está bom. Depois se arrependeu, por que não pediu um pouco mais? Agora, a carteira já estava assinada: Cr$16.608,00 por mês. Trabalhava das 8h às 18h. Foi percebendo a dinâmica do trabalho, havia momentos muito tranquilos em que o telefone mal tocava e raramente aparecia alguém na recepção. Perguntou ao chefe se podia ler durante o expediente, sim, desde que continuasse atenta às suas tarefas.

A irmã tornara-se sócia do Círculo do Livro e Irina começou a pedir livros emprestados. Leu alguns títulos do Sidney Sheldon. Dr. Cunha, advogado da empresa, alto, grisalho, vaidoso, na faixa dos 50. Orgulhoso proprietário de um Alfa Romeo 2300 Ti4 azul metálico, sempre de paletó e gravata, sapatos engraxados, flagrou-a numa tarde rodando feito criança na cadeira giratória. A porta e a fachada da recepção eram de blindex transparente. Quando já estava quase tonta de tanto girar, Irina depara-se com Dr. Cunha a observando através da porta da entrada. Envergonhada, desculpou-se pela criancice. O advogado riu, aquelas cadeiras eram irresistíveis, ele também costumava brincar nelas, principalmente quando tenso, uma ótima maneira de relaxar. Melhor que isso só sexo. Irina corou. Ele percebeu que ela gostava de ler, passou a chegar mais cedo para as reuniões na empresa. Disse que gostava de Agatha Christie e possuía uma vasta biblioteca em seu escritório. Você precisa me fazer uma visita, posso te emprestar alguns livros. Quem sabe um dia, depois do trabalho, você pega uma carona comigo? Já andou de Alfa Romeo?

Irina desconversa, saía do trabalho direto para a escola, mal tinha tempo de lanchar. Um dia, o Dr. Cunha a surpreendeu lendo *Presença de Anita*, de Mário Donato. Não sabia que você gostava deste tipo de romance. Estou no início, ainda não sei que tipo de romance é este. Eu acho que podemos ser bons amigos, você precisa conhecer o meu escritório. A menina desconversou novamente, naquele dia matou a primeira aula para ficar com o namorado, que andava irritado, querendo terminar o romance. As coisas não podiam continuar do jeito que estavam, aquilo não era namoro, um sujeito de 27 anos que se deixou seduzir por uma virgem dez anos mais jovem. Irina pedia paciência, não pretendia continuar virgem. Tudo que falava para Josué, o namorado cabeludo, estudante de psicologia, fã de Belchior e Zé Ramalho, era verdade, ela só não mencionou o fantasma que a atormentava, o medo de engravidar. No mês anterior, alegou estar passando mal e foi liberada do trabalho. Havia marcado consulta com um ginecologista do INPS. Era a sua primeira vez. Tirou a roupa, vestiu um avental azul de algodão, foi apalpada, respondeu a uma série de perguntas. A consulta por terminar e onde estava a coragem para pedir a receita do anticoncepcional? Quando o médico apertou a sua mão para se despedir, ela se desesperou, tem que ser agora. Receita em mãos, pergunta apreensiva: como vou saber se a medicação está funcionando. Se você engravidar é porque ele não funcionou. Brincadeira, você só precisa seguir a prescrição, vai dar tudo certo, divirta-se. Ele falou divirta-se?

Entrou no elevador com ótima impressão do médico, mas não ia contar para ninguém, manteria segredo. Não falava sobre esses assuntos com a mãe, nunca teve intimidade com a irmã, nem para as amigas contou, todas caretas e virgens. Irina se sentia um alien em meio às amigas do bairro. Ansiava perder a virgindade, mas só contaria para o namorado depois de tomar uma cartela inteira do anticoncepcional. O prédio do ginccologista ficava próximo a uma praça conhecida dela, aproveitou o resto da tarde ensolarada, comprou pipoca, sentou-se em frente ao lago, dividiu o lanche com os patos.

Já estava com 17 anos e nunca teve uma melhor amiga a quem contar seus segredos. No próximo ano prestará vestibular, pensa em optar por psicologia, mas a certeza de que não vai passar torna a escolha irrelevante, é burra, os irmãos a convenceram, ela é bonita e burra. Quando a colega Jacinta desistiu da escola, Irina quis fazer o mesmo, arrumar um emprego de caixa nas Lojas Americanas, mas o irmão mais velho não deixou. Fez teste para estudar à noite em um dos melhores colégios públicos da cidade, passou. Afinal, não era tão burra, e arrumou um emprego de recepcionista.

Tudo era novidade, o colégio no centro da cidade, o trabalho, o namorado. Antes do Josué, teve outros dois, um moreno bonito de sobrancelhas grossas, que só sabia falar de futebol. Depois de um mês, disse que Irina não sabia beijar e terminou o namoro. O outro parecia um querubim, cabelos louros cacheados, olhos azuis, dizia que Irina tinha o beijo mais gostoso do mundo. Como não tinham assunto, Irina acabou o namoro. Josué era divertido, inteligente, tinha opinião sobre tudo e a enchia de mimos, bombons, flores, poemas. Ele morava na Casa do Estudante Universitário em frente ao colégio de Irina. No intervalo das aulas, ela e suas duas novas amigas, Karina e Deise, desciam correndo a escadaria da escola para ir lanchar na CEU. Dividiam dois pedaços de torta de banana com cobertura de suspiro, comiam devagar, observando os universitários. Em uma dessas noites, ao ver Josué tocando violão, cercado por amigos que cantavam juntos "Avohai", do Zé Ramalho, Irina se apaixonou. Ele usava uma calça jeans desbotada, camiseta branca e sandália de couro. Não notou a presença dela. A garota passou a bater ponto na CEU, ficava até o horário limite para não se atrasar para a aula, e assim que tocava o sinal do intervalo voltava para lá. Um dia, quando atravessava a rua correndo, chocou-se com Josué, que se desculpou e saiu apressado. Alguns dias depois, Irina fingia que lia, na expectativa de vê-lo, e foi surpreendida: Me perdoe por ter te atropelado naquele dia, eu nem me desculpei direito, estava atrasado para uma prova. Desprevenida, levanta-se atônita, aperta o livro contra o peito. Josué lê o título do livro de Irina: *O estranho no espelho*, Sidney Sheldon, você não devia perder seu tempo com subliteratura. São livros que a minha irmã ganha de brinde, os de que ela gosta não empresta com medo que eu perca. Passe por aqui amanhã, vou te emprestar um bom livro, esse pode jogar no lixo.

Ele era radical. Ela voltou no dia seguinte e nada de ele chegar, não podia perder aula, desistiu de esperar. Ao atravessar a rua, ouviu alguém gritar, Ei, menina, o livro que eu te prometi. Ele vai ao encontro dela. Não sei o seu nome, o meu é Josué. Aqui está o livro. Pode ir, sei que já está na sua hora. Muito obrigada, vou ler. Depois de subir uns quatro degraus da escada do colégio, para e grita, meu nome é Irina. Chega atrasada para a aula, pede licença para entrar, vai para o fundo da sala, senta-se e finalmente lê o título do livro que recebeu de Josué, *Cem anos de solidão*, de Gabriel García Márquez.

Naquele dia não foi à CEU com as amigas no intervalo da aula, àquela altura já sabia os horários do Josué, ficou lendo o livro que ele emprestara. Leu no ônibus a caminho de casa, durante o jantar, no trabalho. O fascínio pelo livro aumentava seu encantamento por Josué. Quando ele soube que ela era virgem, fez o maior teatro, fingia bater a cabeça na parede e gritava, meu Deus, eu não mereço, o que eu fiz de errado? Ridicularizada com a reação do namorado, Irina atravessa a rua em direção ao colégio aos prantos. Na volta para casa, sai pelo portão oposto ao da CEU, ofendida, não quer encontrar com Josué. Caipira e virgem, é o resultado de morar no fim do mundo e conviver com gente moralista e ignorante. Ao passar em frente ao Café do Estudante, ganha um ingresso para um espetáculo teatral. Decidida a dar um gelo em Josué, no dia seguinte mata aula para ir ao teatro. Espectadora virgem, assiste à montagem de uma comédia do teatro do absurdo, com os formandos da escola de teatro. No palco uma dezena de atores, todos muito jovens, exibidos e despudorados, divertem-se mais que a plateia. Ficou eletrizada. Aplaudiu com entusiasmo, queria fazer parte daquela trupe, conviver com aquela gente, frequentar aquele ambiente. Ao deixar a sala de espetáculo, depara-se com um cartaz divulgando um curso de inverno, aquilo não era coincidência, era um chamado.

Deixa o prédio determinada a voltar para se inscrever. No trabalho, comenta com Dr. Cunha sobre os seus planos de fazer o curso de teatro. O advogado a incentiva, bom para vencer a timidez, o contato com artistas, pessoas mais livres, que se relacionam melhor com os outros e com o próprio corpo. Já namorei uma atriz, ela até cozinhava pelada, uma pessoa realmente livre.

Ao preencher a ficha de inscrição, um arrepio de felicidade, o cheiro daquele lugar lhe era estranhamente familiar. O rapaz da secretaria lhe deu boas-vindas, tenho certeza de que você não vai se arrepender. Correu em direção ao colégio debaixo de chuva. Encontrou com Josué, que de joelhos implorava por desculpas. Enquanto se secava com a camiseta do namorado, falava com empolgação sobre o curso que faria em julho. Trocaram amassos, mas ela não deixou o namorado avançar. Ele voltou a repetir que não aguentaria por muito tempo, ela provavelmente seria a única virgem no curso de teatro. Irina pediu um pouco mais de paciência. Estava tranquila, em alguns dias contaria para Josué que já tomava anticoncepcional há um mês, eles poderiam transar.

Mostrou o recibo da inscrição do curso de teatro para o Dr. Cunha. Irina Cabrinsky, você é de origem polonesa? Sabia que as polacas adoram fazer amor por trás? Somos amigos, Irina, você pode contar comigo, meu escritório está à sua disposição, podemos brincar de muitas coisas e o seu namorado nem vai notar, a experiência com um homem mais velho vai te dar maturidade, você não quer ser atriz? Pense nisso...

E o dia chegou. Manhã fria, Irina acordou mais cedo que de costume, tomou um banho demorado, perfumou-se, colocou uma calcinha nova na bolsa. Encontrou com Josué antes da aula, hoje pode ser um dia muito especial para nós, faz exatamente um mês que estou tomando o anticoncepcional e, por coincidência, não tenho a última aula. Minha polaquinha, vou comprar champanhe e expulsar o Ferdinando, que ele só apareça naquele quarto amanhã. Não faça isso com o pobre do Ferdinando, às 11h eu viro abóbora, o último ônibus para casa é às 11:30. Irina não conseguia se concentrar na aula, no final foi até o banheiro, vestiu a calcinha nova, escovou os dentes. Josué a esperava com os cabelos úmidos, cheirando a colônia. Beijou a mão de Irina, caíram na gargalhada, subiram as escadas correndo, rumo ao quarto 413 da CEU. Polaquinha, você me pegou desprevenido, tive que pagar um cinema pro Ferdinando e até há pouco tempo estava faxinando o quarto. Não tinha lençol limpo, o mão de vaca do Daniel me alugou esses aqui, estão limpos, cheirosinhos, não estão? Colocou uma fita k7 com os grandes sucessos de Simon & Garfunkel, abriu uma garrafa de sidra, deixou o quarto no escuro. A única fonte de luz vinha do aquário de onde Groucho e Karl Marx, os peixinhos de Ferdinando, assistiram à perda da virgindade de Irina.

A polaca jamais andou no Alfa Romeo 2300 Ti4 azul metálico do Dr. Cunha.

CINEMA

O convite era irrecusável. Irina vestiu-se rápido temendo que o irmão mudasse de ideia. Ela lhe fez duas vezes a mesma pergunta: Ir aonde? Está surda? Quer ir ao cinema? Então vá se arrumar. Agora? É, agora. Corra, antes que eu mude de ideia. Recuperava o fôlego ao sentar-se no ônibus ao lado de Jardel. Acho que você exagerou no perfume. Empolgada, roía as unhas, será que fechou o vidro de perfume direito e guardou no lugar certo? Sonja já lhe havia pedido dezenas de vezes para ela não mexer nas suas coisas, mas Irina não resistia, tudo da irmã era melhor, para ela só sobravam os restos, ser a mais nova é assim.

Ao descerem do ônibus na rodoviária, quis saber o nome do cinema. Cine Vitória. Uau! Aquele enorme da praça? Era esse mesmo que eu queria. Jardel sorriu. A gente quando vai ao cinema escolhe o filme, e não o cinema. Pois eu sempre quis conhecer esse cinema, o mais bonito, é o maior da cidade, não é? Jardel fez que sim com a cabeça. O maior e o mais lindo, a fachada em vidro e mármore lembrava um palácio.

Enquanto o irmão comprava os ingressos, foi ver o cartaz, saber o nome do filme: *007 – o espião que me amava*. Podemos comprar pipoca? Era tudo muito chique, no saguão, piso de mármore, paredes cobertas com carpete vermelho. Quando subiu as escadas para a sala de projeção e o irmão afastou as cortinas pesadas de veludo vinho, ela teve um sobressalto. Caramba, é gigante. Quantos lugares? A tela é imensa. Podemos sentar lá atrás? Poltronas de veludo vermelho, tudo impecável. Irina atenta aos detalhes. O pé direito muito alto, decorado com dezenas de espirais de madeira escura e clara intercaladas, uma coladinha na outra, formando um grande céu de espirais. Nas laterais da parede, luminárias ovais em vidro leitoso e acabamento em metal preto fosco, um luxo. Nunca imaginara frequentar um lugar como aquele. A plateia dividida em dois planos: centenas de poltronas embaixo e uma ampla escada central dava acesso às outras centenas de poltronas de cima. A luz começa a baixar, a música altíssima toma conta da sala, a tela ilumina-se com o letreiro Canal 100. Ué, mas não era esse o nome do filme. O irmão explica que antes do filme tem um jornal. Que chato, até no cinema. Mas não iria reclamar, estava feliz. Teve dificuldade para ler as legendas, que passavam muito depressa, não estava habituada, mas entendeu tudo. O filme de ação e espionagem não empolgou, mas o suntuoso Cine Vitória ganhou um lugar especial na sua memória.

Lembranças povoavam a mente de Irina na fila, à espera da abertura da bilheteria. Cássio, seu amigo, era o primeiro, ela, a segunda, a fila enorme, a expectativa ainda maior, o filme: *The Wall*. Cássio já havia lido todas as resenhas e críticas, ansiavam por algo novo e impactante, afinal o filme tinha a assinatura de Alan

Parker. O Cine Vitória continuava a ser o preferido de Irina, tinha que ser nele, parecia encomenda.

Depois da primeira vez com o irmão, ela viciou, queria ver tudo, o problema era o preço do ingresso e conseguir alguém que a levasse, o pai não deixava ela ir sozinha. Pegou a carteirinha de estudante da irmã escondida para assistir a *Os embalos de sábado à noite*. O filme era censura 16 anos e Irina, que não completara 14, temia ser barrada na bilheteria. Naquele dia fez uma visita mais curta à mãe no sanatório e, sem que ninguém soubesse, foi ao cinema. A sala de projeção estava em festa, muitos sabiam o filme de cor. Quando Tony Manero começava a dançar, a plateia dançava junto. Saiu do cinema eletrizada, queria dançar com o John Travolta, mas manteve tudo em segredo. Seria ridicularizada por apreciar aquele tipo de filme e música, o irmão era um roqueiro convicto.

Quando começou a trabalhar e estudar à noite, costumava matar aula para ir à sessão das 20h. Invariavelmente só. Impossível esquecer a noite nebulosa, início de inverno, quando matou aula para assistir a *O iluminado*. O cinema praticamente vazio e a noite gelada aumentavam a tensão, o suspense se instalando num crescente contagiante. A claustrofobia que aquele ambiente amplo provocava era assombrosa. Quando o filme acabou, Irina estava petrificada, sequer olhava para os lados. Gostava de sentir medo, cansou de ver filmes de terror sozinha na tevê de casa, mas nada que chegasse próximo ao que acabara de assistir. Como voltar para casa? Já passava das dez horas, uma garoa fina lavava as ruas e calçadas desertas, que brilhavam com a incidência da luz. O caminho até o terminal rodoviário ela fez com passos ligeiros, driblando poças, olhando para os lados, com medo de ser surpreendida por Jack Torrance, personagem vivido por Jack Nicholson no filme. Ao avistar a penumbra da portaria de um prédio antigo com um grande elevador ao fundo, ela quase vê o sangue transbordar pelas laterais e inundar o corredor. Aumenta o passo. Ao sentar no ônibus, desconfia de todos à sua volta, o trocador de nariz adunco enroscado a um rádio de pilha lhe parece estranho. Em casa, vai direto para a cama, não tem coragem de pegar uma faca e passar margarina no pão. Vai dormir com fome.

No diminuto e desconfortável Cine Groff, o cinema de arte da cidade, Irina assistiu *Bodas de sangue*. Foi em um sábado à tarde, ela mal começara a frequentar cinemas, estava sozinha, mas juntamente com toda a plateia foi arrebatada pelo filme de Carlos Saura, com direito a aplausos entusiasmados no final. Cinéfila iniciante, só mais tarde soube que aplausos no cinema, exceto em pré-estreias com a equipe do filme, eram coisa rara. Deixou uma cartinha na bilheteria do Cine Groff, eles tinham que programar uma nova apresentação de *Cría Cuervos*. Na época da estreia do filme, ela ainda não frequentava cinemas.

O filme *Fame*, dirigido por Alan Parker, foi premonitório do que ela iria viver alguns anos depois. Alan Parker virou um dos seus cineastas preferidos, junto com François Truffaut. Economizou dinheiro para assistir a um festival em homenagem ao cineasta francês que a cinemateca programou. Assistiria *Jules e Jim* todas as vezes que o filme estivesse em cartaz.

Certa vez, em um final de tarde, seu amigo Edgar, junto com o namorado e mais alguns amigos, a convidou para um filme muito especial. Segundo Edgar, o entendido de cinema do grupo, o filme logo, logo iria ser censurado por se tratar de uma obra ousada, nos moldes de *Calígula*, filme de Tinto Brass. Os milicos não iriam permitir que o filme permanecesse em cartaz por muito tempo. Quando entraram cochichando no Cine Plaza, os amigos tiveram o cuidado de deixar Irina sentada bem no meio, uma fila praticamente inteira ocupada pela turma do teatro. Nessa época, Irina já havia sofisticado o seu gosto e não estava achando graça no filme, na verdade tudo lhe parecia grosseiro e apelativo, aquilo não era cinema de arte, era pornografia. Se deu conta de que aquela sala de cinema praticamente só exibia pornografia e filmes de cowboy ou samurai. Olhou em volta, era a única mulher na sala de projeção. Seus amigos gargalhavam. Irina, sua branca azeda, você não tem por que reclamar, acabou de assistir ao *Garganta profunda*, esse filme ainda vai entrar para a história.

À noite, depois de rirem muito lembrando do roteiro bizarro de *Garganta profunda*, enquanto comiam x-salada no Café do Estudante, Irina foi convidada a brincar de isca, afinal ela era a mascote do grupo. Irina não sabia como a brincadeira funcionava, mas topou, orgulhosa por receber o título de mascote do grupo. Depois de uma exaustiva caminhada, chegaram ao estacionamento de uma fábrica de cerveja. Caminhoneiros em macacões folgados conversavam enquanto aguardavam a mercadoria a ser transportada. A tarefa de Irina era puxar conversa com aqueles homens, másculos e fortes, que despertavam a fantasia dos seus amigos. Passados alguns minutos, os amigos se aproximariam, ela faria as apresentações e, discretamente, sairia de cena. Um ótimo exercício para uma candidata a atriz.

De longe, na companhia de Edgar, Irina, ingênua, torcia para que algum romance surgisse, seria a madrinha. Gostava do lugar que lhe reservaram no grupo, frequentava a boate com eles, podia dançar a noite inteira sem ser importunada, mas sabia que ali não havia possibilidade de arrumar namorado. O melhor era estar na fila da bilheteria para ver *The Wall*! Seus amigos eram cultos, inteligentes e tinham um humor insuperável.

Quando Cássio lhe entregou o bilhete, ela beijou o papel, e os dois correram de mãos dadas para o enorme saguão do cinema que ela amava, piso de mármore, corrimão de metal. Cássio fez o mesmo gesto do irmão, afastou as cortinas pesadas de veludo vinho e Irina entrou na sala de projeção. Onde vamos sentar? Você escolhe! Escolhe você, que foi quem pagou os ingressos. Então vamos sentar lá na frente, quero ser engolido pelas imagens e pela música do Pink Floyd. Sentaram na terceira fila e o cinema começou a encher, olharam para trás, lotado. O filme praticamente sem diálogos, uma grande alegoria movida pela música com sequências de animação delirantes arrebatou Irina, Cássio e a plateia. Quando os créditos finais surgiram na tela, Irina sugeriu: A próxima sessão vamos ver lá detrás?

Eles passaram o dia no cinema, três sessões seguidas, nos intervalos trocavam segredos. Cássio descobriu que era gay no banheiro de um cinema, quando percebeu um homem mais velho olhando o seu pau enquanto mijava e ficou excitado. De volta à sala de projeção, sentiu as mãos do homem apertarem suas bolas. Virou um vício, ia ao cinema todos os dias, até finalmente arrumar um namorado. Irina contou que também já havia sido bolinada em cinemas várias vezes, mas não gostava, assim que sentia uma mão invasora na sua coxa, levantava e mudava de lugar. Em alguns filmes, foi obrigada a mudar de lugar mais de uma vez. Houve dias em que acabou desistindo do filme, tamanho o assédio. Certa ocasião, assim que sentiu um tarado lhe tocar a perna, agarrou a mão do incauto e virou-se para ele gemendo e fazendo cara de louca. O homem deixou o cinema assustado. Irina garantia que quanto pior o filme, mais tarados atraía. *The Wall* certamente não foi o filme mais marcante da sua vida, mas foi o mais esperado. Para além do filme, *The Wall* assistiu à consolidação de uma amizade que duraria para sempre.

O DIA MAIS FELIZ DA MINHA VIDA

Eles eram jovens. Uma sala de ensaios, algumas cadeiras, chão de tábua corrida, uma parede inteira de espelhos, na outra, uma barra para os ensaios de balé. Janelas altas, luz fria. Era mais uma das muitas salas do grande teatro da cidade, do maior teatro da cidade, do melhor teatro da cidade. Foi lá que, no ano anterior, ela fizera o seu primeiro curso de teatro. Tinha quase 18 anos e a vida a surpreendia. Ela vibrava, hormônios a mil, a descoberta de uma vocação, um grupo de amigos. Eles se intitulavam "Os Podres!". Todos estudantes ou recém-formados na escola de teatro, a grande maioria gays descobrindo-se. Ela sentia que finalmente pertencia a um grupo, não era mais virgem. E queria ser atriz.

Ser atriz. O encontro na sala de ensaios do teatro era para uma leitura. Depois da estreia no teatro amador, ela foi convidada para um segundo espetáculo. A leitura ia começar, ela seria Julie, uma atriz, vejam só. Uma atriz em crise, uma atriz dependente química. Irina era careta, nunca havia fumado cigarro, maconha nunca tinha visto, álcool nunca teve interesse, o gosto era ruim. Estava nervosa, ler em voz alta, teria que interpretar? E se ele, o diretor, não gostasse? Ele já a havia visto na peça amadora e a convidou, era a primeira vez que ela leria o texto. Havia mais dois atores na sala, ela era a única mulher. Continuava nervosa. A leitura começou... acabou. Como passou depressa. Gostou muito de ler, apesar do nervosismo, dos tropeços, das trocas de palavras, dos erros. O diretor foi rápido, fique tranquila, apesar dos "apesares", você leu muito bem, você entendeu a Julie, e você é linda.

Desceu os dois lances de escada correndo, o coração acelerado, o nervosismo trabalhou a seu favor, à medida que ia lendo, se sentia cada vez mais Julie. Seria uma grande atriz, sairia do bairro operário onde vivia, iria ganhar o mundo. Quantas vidas extraordinárias poderia viver? Recentemente, no palco daquele teatro, que ela amava, assistiu a Rubens Correa interpretar Molina, personagem do romance de Manuel Puig, *O beijo da mulher aranha*. Foi arrebatador, saiu de lá contaminada pelo vírus do teatro, era o que queria fazer, provocar a plateia daquela maneira. Será que um dia conseguiria? Ali começava um projeto de vida. Caminhou em direção à rodoviária fazendo planos, perdeu o ônibus das 21:15, teria que esperar quase uma hora pelo próximo, mas o tempo voou.

Chegou em casa ainda perdida nas fantasias da atriz que um dia ela iria ser. Enquanto esquentava comida no fogão, os irmãos assistiam à tevê. O telefone tocou. Hoje é o dia mais feliz da minha vida. O irmão mais velho atendeu ao telefone, ela estava pondo a frigideira com feijão, arroz e ovo em cima da mesa quando Jardel entrou na cozinha e disse: A mãe morreu. Silêncio. A frigideira quente em cima da toalha de tecido florido encardida, ela tinha que deixar aquela toalha de molho no sabão e depois pôr no sol para quarar. A mãe não ligava mais para a casa, era ela quem tinha que fazer tudo. A mãe morreu. A irmã casou. Ela seria a única mulher na casa. No dia anterior, domingo, antes de a mãe ter sido internada, ela arrancara a sobrinha do colo da avó. Você não está bem, vai derrubar a criança. Depois, ao descer do ônibus, quando caminhava em direção à casa do amigo em um bairro rico da cidade, passou por um rapaz que carregava uma braçada de palmas brancas e pensou na morte.

Sentou na garupa da moto do irmão, foram até o hospital, era uma noite gelada de julho, o frio congelava a ponta do seu nariz, seus lábios estavam roxos. A enfermeira abriu a porta do quarto, a mãe morta, a última lembrança era ela arrancando a sobrinha do seu colo. Você não está bem, vai derrubar a criança. Como comportas abertas de uma grande barragem, as lágrimas escorreram intensas, caudalosas, quentes, queimando suas bochechas. O irmão pragmático foi para a funerária cuidar dos papéis. Ela abraçou a mãe ainda quente, o olhar sereno, a mãe estava feliz, era isso que ela queria, afinal. Nas discussões, a mãe sempre dizia, eu vou morrer e deixar vocês em paz. A mãe morreu e ela não estava em paz. Foi ela quem escolheu o vestido, a meia-calça, o sapato. A boca estava solta, aberta, o rapaz da funerária pediu um lenço, a mãe foi enterrada com o seu lenço indiano amarrado em volta do rosto para manter a boca fechada. No dia seguinte, chovia muito, ela ligou para o amigo, não iria ao ensaio, a mãe morrera. O velório foi em casa, o caixão praticamente ocupava todo o pequeno espaço da sala acanhada. Apesar da chuva, tinha muita gente. Ela ficou surpresa, feliz e envergonhada ao ver os amigos do teatro chegando com os sapatos cobertos de lama, as ruas do bairro ainda não tinham calçamento.

Foi abraçada pelos amigos, se emocionou, depois voltou a ficar envergonhada de morar naquele fim de mundo quando olhou para o chão e viu os amigos com lama até os joelhos. Eles não ficaram muito tempo, mas a presença deles ali na casa, como conseguiram o endereço? Eles eram seus amigos, agora ela pertencia a um grupo.

Irina sempre gostou de cemitérios. Quando ela era criança, sua mãe tinha sonhos com a santa, que pedia a presença da mãe e dos pequenos na capela do cemitério. Nico não gostava de ir, mas Irina adorava. Enquanto a mãe rezava na capela, Irina passeava por entre os túmulos e ficava fascinada com as imagens de anjos e santos, com as fotos antigas nas sepulturas, lia as lápides, calculava a idade dos mortos. Ao lado da capela da santa havia a sepultura de uma criança, uma menina, morta aos 7 anos, a idade de Irina. A foto da criança, a data de nascimento e a morte prematura a impressionavam, ela achava que a menina também devia ser santa, pois morrera anjo. De fato, muitos anos depois, já adulta, em uma visita à cidade, passou no cemitério e viu algumas plaquinhas de devotos agradecendo à menina a graça alcançada. Ao contrário do cemitério que frequentava com a mãe quando criança, esse era feio, poucas estátuas de anjos, muitos túmulos depredados, e a maioria deles cobertos por azulejo ou ladrilho bege, não tinha flores naturais, não tinha jardim, nem uma árvore sequer, nenhum vestígio de verde. A mãe seria enterrada em um cemitério de pobre. Ainda bem que os amigos do teatro não ficaram para o enterro. O Jardel se desesperou, ajoelhou-se próximo ao caixão num grito doloroso. Sonja desmaiou. Irina se manteve ereta, firme, por dentro explodia de dor.

A volta para casa sem a mãe não era novidade, desde muito pequena se acostumara com a ausência materna nas várias temporadas que a mãe passava pelos sanatórios da cidade. Só que agora era diferente, a mãe fora enterrada no cemitério mais feio da cidade, e lá ficaria. O pai sentou-se em frente à mesa, cortou uma fatia de pão em cima da toalha encardida. Ele não faria isso se a mãe estivesse em casa, ele pegaria a tábua de madeira para apoiar o pão, mas a mãe não estava ali para chamar a atenção. Ele cortou a broa de centeio, mas não comeu, esfarelou a fatia inteira até virar uma farofa. Pai, quer que eu faça café? Agora ela que cuidaria da casa, do pai, dos irmãos. Iria parar de trabalhar, de estudar, de fazer teatro. Amanhã não iria trabalhar na metalúrgica onde era recepcionista/telefonista, nem iria para o ensaio, estava de luto. Acordaria cedo, colocaria a toalha de mesa de molho, se parasse de chover e fizesse sol, botaria a toalha para quarar, faria uma boa faxina na casa, no quarto dos pais separaria as roupas e tudo o mais que fosse da mãe para dar à igreja. O pai recusou o café, pediu um chimarrão. Ela preparou, tomaram em silêncio, o calor da cuia aquecia suas mãos geladas, o pai, cabeça baixa, continuava a esmigalhar o pão. Ela planejava fazer polenta para o almoço com molho de linguiça da roça e tomate, o pai gostava. Queria abraçar o pai, mas tinha vergonha. Lembrou-se das histórias que ouvia desde criança, que a mãe se casou com o pai, mas era apaixonada por outro homem, um preto, e a família proibiu o namoro. O pai era dez anos mais velho, branquela, ficara encantado pela bela moça de olhos verdes e cabelos escuros. O casamento foi logo em seguida e mais para frente o primeiro filho, seguido de mais quatro. Ninguém sabe dizer em que momento ela começou a ter as crises de nervo, mas foram muitos anos de internações em sanatórios, eletrochoques, fugas de casa e ataques ao pai com uma faca de cozinha. O pai sempre paciente, amoroso, trabalhava duro, o dinheiro era curto, fazia serão na obra, guardava o lanche para os filhos e rezava. A mãe, quando não estava em crise, costurava, cozinhava, cuidava da casa, do quintal, das galinhas, mas isso durava pouco e ela se trancava no quarto, pedia para a filha cozinhar para ela, e passava o dia deitada na cama fumando, tossia muito, se urinava, o quarto fedia a mijo, o pai não reclamava.

Queria dizer para o pai que a mãe na certa sempre gostou dele, que as crises de nervo, a esquizofrenia, estariam ligadas a uma depressão pós-parto, mas não disse, colocou mais água quente na cuia de chimarrão e seguiram em silêncio.

O DIA EM QUE FUI-ME EMBORA

Acordar cedo, pegar o ônibus lotado das 6:45, chegar na rodoviária às 7:30, caminhar até a metalúrgica onde era recepcionista/telefonista e ganhava pouco mais que o salário mínimo, almoçar o PF no bar do seu Milton, bater o ponto às 18:00, correr para pegar o ônibus das 18:30, fazer o jantar para o pai e os irmãos, jantar ao lado do pai em silêncio vendo tevê, lavar a louça, tomar banho, ir para a cama, e no dia seguinte acordar cedo, pegar o ônibus lotado das 6:45, chegar na rodoviária às 7:30, caminhar até a metalúrgica, almoçar o PF do bar do seu Milton, bater o ponto às 18:00, correr para pegar o ônibus das 18:30, fazer o jantar para o pai e os irmãos, jantar ao lado do pai em silêncio vendo tevê, lavar a louça, tomar banho, ir para a cama, e no dia seguinte acordar cedo, pegar o ônibus lotado das 6:45...

A rotina estava consumindo sua vontade de viver. A peça que ela iria fazer foi cancelada. No ano seguinte, não teria vestibular para curso de teatro. Na semana anterior, ao entrar em uma loja de discos para passar o tempo, viu o novo namorado abraçado a uma morena linda com cara de intelectual. Irina era branquela, nunca soube estudar, morava no fim do mundo e começava a desconfiar que a mãe havia lhe deixado a esquizofrenia como herança.

Era sexta-feira, avisou ao pai que depois do trabalho iria sair com os amigos e dormir pela cidade, afinal o último ônibus para casa era às 23:30. O pai fez cara feia, ela fingiu que não viu. Se encontraram no bar do teatro e foram todos para a casa do Cássio, os pais tinham viajado e o primo dele, comissário de bordo da British Airways, trouxera o último disco do David Bowie – *Let's Dance*. Todos, eufóricos, queriam ouvir o ídolo, o vinil começou a rodar, fecharam as quatro portas em torno do pequeno hall que eles chamavam de boatinha, música nas alturas, se acabaram de tanto dançar, "Modern Love", "China Girl", "Let's Dance". Depois, esgotados, tomavam chocolate quente, falavam besteiras, riam.

Irina dormiu na casa do Cássio, não queria acordar, voltar para casa, sábado era o dia de faxina, de encerar o chão, lavar roupa. Irina só pensava em ir embora, os amigos apoiavam, mas como, quem cuidaria do pai? Despediu-se do Cássio, correu para o ponto do ônibus. No trajeto para casa, ao cruzar a BR-116, vê a placa verde com letras brancas: São Paulo–Rio de Janeiro. Quantas vezes leu aquela placa, será que veio daí a ideia de partir?

No sábado à noite, em um bar gay da cidade, os amigos tentam convencê-la, dizem que dá para viajar de avião de graça pelo CAN, Correio Aéreo Nacional. Irina fica interessada, nunca viajou de avião. Mas e o pai, que ainda é um viúvo triste? Não tem nem seis meses que a mãe morreu, como convencer o pai? Foi ficando cada vez mais mal-humorada, brigava com os irmãos por qualquer motivo, não tinha mais vontade de cozinhar nem de arrumar a casa, queria passar o dia deitada na cama, só faltava começar a fumar. Um alarme disparou. Não. Iria embora, era a sua vida, tinha medo de acabar como a mãe.

No dia seguinte, falou com o patrão, pediu carta de recomendação, teria que cumprir o aviso prévio para receber tudo a que tinha direito, tão pouco o que tinha direito. Eram meados de novembro, decidiu que partiria de avião no início do ano para o Rio de Janeiro. Comprou uma bolsa azul de nylon, não podia levar muita coisa, segundo os amigos. Na bolsa, apenas algumas peças de roupa e dois livros: *A preparação do ator*, de Stanislavski, e *O estrangeiro*, de Camus. O pai tenta convencê-la a ficar: ela não conhecia ninguém na cidade, uma carta de recomendação era muito pouco, a vida em um grande centro era cara, a cidade, violenta. Mas nada a convencia, só ela sabia do que estava fugindo.

No dia da viagem, acordou bem cedinho, tomou café com o pai e foram juntos para a cidade. Se despediram na rodoviária, nunca tinha recebido um abraço tão forte. O pai, óculos embaçados, tentei te convencer, mas não teve jeito, só o que eu posso fazer agora é rezar por você, minha filha. Assim que tiver um endereço, escreva. Mais um abraço gostoso, apertado, e Irina pega um ônibus para o aeroporto. Ela usa um All Star creme de cano alto, uma calça Levi's e uma camiseta com assinatura do Picasso estampada no peito. Para em frente ao balcão do Correio Aéreo Nacional, um rapaz poucos anos mais velho que ela a recebe, Irina pergunta se tem voo para o Rio de Janeiro naquele dia, o rapaz diz que sim, às 14h. Será que eu posso ir nesse voo? Quantos quilos você pesa? 47. Preciso pesar sua mala, 12kg. Volte aqui às 13h, se tiver lugar você vai. Eram 8:44, Irina tremia, foi ao banheiro, lavou o rosto, se olhou no espelho. Tinha 18 anos e iria mudar a sua sorte.

Agradecimentos

A Heloisa Vinadé e Maysa Braga, minhas primeiras leitoras.
A Eleonora Fabião, André Lepecki e Marcio Abreu, pela escuta e estímulo.
A Ricardo Iantas, meu irmão querido, primeiro revisor e entusiasta.
A Lucia Riff, pela sensibilidade e carinho.
*A Aderbal Freire-Filho (*in memoriam*), que torceu por esse livro.*
*A Natália e Miechtz (*in memoriam*), que sempre me deram amor.*

Este livro foi composto em
Georgia e PF Marlet Display
e impresso pela Gráfica Vozes
em papel Pólen bold 70g/m2
para a janela + mapalab
em setembro de 2023